亦
舒
作
品

U0648396

亦舒
作品
09

亦舒 著

悠悠我心

湖南文艺出版社
HUNAN LITERATURE AND ART PUBLISHING HOUSE

博集天卷
CS-BOOKY

目
录

一

少年都有个本领，长辈忠告，都可以当作耳边风。

电视荧幕上，一名政客脸容肃穆地说："民主，指公众不可能得到期望中的一切，但是必须在制度内尽力而为，带来改进。"

这是一间病房，四周放满名贵花束，很明显，中年男病人已在此住了一段日子。

他脸容瘦削，双眼已失却神采，干涸嘴唇紧闭，似还剩下最后一丝意志。他鼻孔插着氧气管，一动不动，坐在轮椅上呆看电视。

电视上那政客，本是他的竞争对手。

终于，他吁出一口气，熄掉电视机。

在这里躺了个多月，他们不知道，他已悄悄贮够药物，令自己有尊严地离开这个世界，身体健康的部分，则可全部捐献给有需要人士。

他在等待的，也是一颗心脏。

等无可等，医生釜底抽薪，先用一枚拳大机械泵，植入他胸膛，暂时操作。

机械可运作一个月，之后，他的生命是未知数，一个人是否勇敢，在这种时候可以看出。他平和地与医生说，他不需要再次复苏，他只接受肉心，如不，让他平安过渡。

医生拒绝作答，他已做好准备。

年轻漂亮的看护进来，又出去。

病房门虚掩。

他已拒绝探访，听到别的病房有亲友进出，他略觉后悔。

可是，想见谁呢？他有两个前妻，却不想打扰她们。他一直没有子女，健康之际又不愿看生育科医生，坚持没有毛病。

他毫无牵挂，只剩下几天了。

刚想把轮椅挪到窗前，忽然看到一只小小红色皮球自门角滚进。

皮球，今日的孩子早已放弃这种原始玩具，连坐婴儿车的幼儿都夸张地按着电子游戏机。

这是谁?

有人在门外轻轻问:"对不起,可以进来拾球吗?"声音稚嫩,分明是个小女孩。

还有什么不可以的。

他清清喉咙。"请进。"声音沙哑,连自己也吓一跳。

门推开,一个十一二岁小女孩笑着轻轻走进。

他倒是一怔,从没见过这样秀丽的小脸,皮子雪白,天生蛾眉,大眼明亮,梳双辫,穿一条淡蓝色裙子,白袜漆皮鞋,打扮文雅,谈吐得体,他自心里喜欢。

"球在这里。"

他轻轻拨过去,小女孩弯腰拾手中。"谢谢你。"

她轻轻走回门边,本来,这次邂逅应当结束。

但小女孩忽然转过头,这样说:"不要不高兴。"

他抬头。"什么?"

小女孩微笑。"今天傍晚,医生会带好消息给你。"

他不禁好笑。"你知道我是什么样的病人?我在等候一颗心脏。"

啊,不对,怎可如此唬吓小孩,他立刻后悔。"去,回到你家长身边。"

小女孩微笑，走近，凝视他双目。"你会得到一个少女的心。"

他被她碧清双目镇住。

"你会活到八十多岁。"

"什么？"

这时走廊有人叫唤："球球，你在哪里？球球，我们要走了。"

那女孩拍拍他手臂，转头走出他的病房。

"啊，你在这里，与谁说话，不可打扰病人。"

声音渐渐远去。

他踌躇，这漂亮的小女孩好不奇怪，她说什么？幼儿反过来安慰他。欸，不知哪家有那么可爱灵巧的孩子。

他觉得疲乏，渐渐盹着，心想：如能一眠不起……

不知过多久，病房忽然走进大堆人。"醒醒，向先生，醒醒，准备进手术室！"

他睁开双眼。

医生对着他咧开嘴，自内心笑出。"我就知道事有转机，绝处逢生，这番看我妙手回春。"

看护补充一句："向先生，我们得到你要的心了。"

他震惊，作不得声，脸上一片茫然。

"向先生，你还来得及九月参选。"

服务员推着他的轮椅，像飞一般进入升降机，直往手术室。

他目瞪口呆，不知说什么才好。

他离开病房之后，看护在他枕头底发现一批药丸，她叹气，摇头。"英雄只怕病来磨。"静静把药丸收起。

走到家族等候室，看到情绪辅导员正安慰一位垂泪的中年妇女。

"令爱遗爱叫人永志不忘，将有七人因她捐赠的器官重获或改进生命，叫大家感动。"

中年妇人抬头问："谁得到她的心脏？"

"一位向先生，他重获生命后将竞选检察部长一职。"

"呵，我可以见他一面否？"

"当然可以。"

"见到他，也如同见到女儿一样了，那是她的心脏。他们说，细胞会有记忆。"

另外有亲属聚拢，辅导员轻轻走近看护。

看护低声说："向先生得的，是一颗少女的心？"

"是，十九岁，车祸，脑干死亡。"

两个年轻护理人员呼着气缓缓走开。

八个月过去了，时间过得真快。

那叫球球的小女孩，已经开始发育，并升上高中。

她的母亲胡太太是一个开明的职业妇女，在天文馆任职，半个科学人员，立即置了大量生理卫生书籍及影片，与女儿一起解读。

胡球问："可以邀请女同学一起否？"

"各个家庭想法有异，己所欲，亦不可施于人。"

"外婆也这样教育妈妈吗？"

"外婆已算得文明，只含糊其词说些表面现象。"

"你说那已很难得。"

"我不能明白。"胡太太忽然发起牢骚，"这有什么难以启齿之处，人体天生如此，一半成年人拥有的器官，另一半人都看过，我不是说大家就该天体[1]，但正像呼吸系统、消化系统，及血液循环系统一般，解释越详尽越好。"

胡球轻轻说："我们说到——"

胡家用人兼保姆及管家进来说："琴老师来了。"

---

[1] 以裸体的方式进行个人、家庭、社会活动，也称裸体主义。

星期天还是胡球学习小提琴的时段。

胡太太与丈夫一同看电视新闻。

胡先生这样说："不如改学其他乐器，每周末我听到球球走调尖刻琴声就觉得受罪，太太，毛骨悚然啊，分明一点天分也无。"

胡太太叹气："但老师说勤有功。"

"天分者，乃天生才华，学不来借不动，根本无须努力。"

"胡说，天分指对学习有不断的兴趣，不怕吃苦。"

"胡夫人，我俩意见分歧。"

这时电视新闻吸引他俩注意。

"——向明以塌坡式压倒性票数当选本届检察部长一职，他的竞选团队说：这是一项奇迹，一年前向明因先天性心脏病住院，医生认为他生存机会只得十个巴仙[1]，今日，他站胜利台上，向手术医生及护理人员致谢，在他右边的女子是向氏的什么人？呵，是捐赠器官给他的那名少女的母亲！哗，感人肺腑，在当选后才披露此事倍见风度，他不靠同情票数……"

----

[1] 巴仙：百分之十，percent，粤语音译为巴仙。

胡先生啧啧称奇："一点也不像病人。"

"现场人人泪盈于睫。"

"西医科学发展令人满意，早在二十世纪六十年代，已可换心，试想想，剖开胸膛，切出心脏——"

"现在还差人工孵殖器官四肢，还有脊椎科神经——"

"非洲儿童仍患痢疾呢。"

这时胡球走进会客室。"咦，他气色好多了，外表年轻十年。"

胡太太诧异。"你什么时候见过这个人？"

"他的头发也长回来了。"

胡先生说。"他年纪并不大，才三十六岁，堪称年轻有为。"

胡太太笑："他有一颗非常年轻的心。"

琴老师唤："球球，你还得练琴。"

老师离去以后，胡球要求放弃学琴。

胡太太捶胸。"太没出息。"

胡先生咕哝："改错名字，胡球无求。"

胡球笑嘻嘻。"我就知道我不会弹出成绩来。"

"学琴为着培养文化，并非要上台演奏。"

胡先生问："你是预言家，你还看到什么？"

胡球取起母亲的茶杯，佯装解读杯底茶叶，用女巫似的沙哑声音说："我看到胡球庸庸碌碌快快活活过一辈子。"

胡先生笑得翻倒。"那你未来的衣食住行全归父母了？"

胡太太没好气。"还笑得出。"

"噫，球球会未卜先知，那是一项难得的天赋。"

这时女佣又来通报："先生，有人送礼物来。"

"嘎，谁？"

一个年轻女子微笑恭敬说："我是向明先生助手土井，我送糖果给胡球小妹妹。"

"胡球，你出来一下。"

胡球站到门前。

那年轻助手意外。"你是胡小妹妹，竟长这么高了，简直是小少女。"

是，女大十八变。

送来的那盒巧克力，足有台面大小，红色丝绒心形盒子，像是那种情人节送女友的重礼。

另外半打小小红皮球，正是胡球惯常握手中用来减压那款。

胡太太忍不住问："向先生怎么认识小女？"

"他说卧病期间在医院遇见小妹妹，在他最低沉的一刻，她鼓励了他。"

　　有这种事！胡太太大奇。

　　"向先生本应亲自上门道谢，又觉唐突，故叫我走一趟。"

　　她放下礼物离去。

　　胡先生把女儿叫近。"球球可以把经过说一下吗？"

　　胡球笑答："我一看就知道他可以活到八十多。"

　　她捧着糖果回房。

　　胡太太问："我们几时去过医院？"

　　"年头往探姨婆，曾带球球同往。"

　　"姨婆已不在人世。"

　　"球球越来越怪。"

　　"嘿，都说到十五六岁，举止将如外星人一般。"

　　"我会郑重期待那一天来临。"

　　那样正常父母，胡球算是性格奇特。

　　她躲在房间边吃巧克力边读《福尔摩斯全集》，身边还有一本魔术大师的《胡典尼传奇》[1]。

　　胡太太说："糖吃太多无益。"把大盒抱走，"书本字样太

_____

　　[1] 胡典尼：即哈里·胡迪尼，Harry Houdini，原名埃里克·韦斯，Ehrich Weiss，匈牙利裔美国魔术师。

小，近视会加深，欸，已经五百度。"

少年都有个本领，长辈忠告，都可以当作耳边风。

耳边风，这三字不知由谁首先启用，真叫胡太太佩服。

"妈妈，福尔摩斯的侦探理论是：把所有不可能因素剔除，剩下的，无论多叫人意外，便是真相。"

"我们该温习没有，测验将近。"

"妈妈迄今未能接受我不会是一个 A 级学生。"

"球球，多读一遍，即可晋级。"

"我也完全不觉得为何要辛辛苦苦取得最高分。"

胡太太忍不住讽刺："学校不幸没有福尔摩斯这一科。"

这时计算机叮叮响，表示有小朋友找胡球聊天。

胡太太气极找自家朋友喝茶去。

晚上胡先生说："我收到帖子，那位向先生邀请我们一家三口到就职礼晚宴。"

胡太太迟疑。

"我给了一小笔捐款，礼貌推辞。"

胡妻松口气。"我家不惯与名人来往。"

"他随即唤助手询问可否参加私人饭局。"

"你怎么说？"

"我说改天再约。"

"他应当明白我家无意高攀。"

"当日球球到底对他说过什么，真是言者无心，听者有意。"

"球球也答不上来。"

"这一袋又是小姐新衣物？"

"又长高了。"

胡球自己不觉，也不像其他少女爱特别挑选衣饰，母亲给什么穿什么，这是她极大的优点，胡球永远不会穿露脐裤或小背心。

她的白衬衫卡其裤成为标志，长发仍然梳成辫子。

她读女校，校舍隔壁，有所英童男校，那些金发蓝眼的少年已经注意到胡球清逸秀丽。

"大近视，戴宽边镜时分外有趣，长臂长腿，低头疾走，心无旁骛，与其他女生不同，她的校服裙特长，遮住膝盖。"

"那是女校规定长度，别人一放学就把腰头折几折，裙脚挪到大腿上。"

"向她要电邮，去。"

他们接近她，轻轻拉她发梢。"球球？"拦住路，"一起吃冰激凌？"

旁边女同学咕咕笑，胡球让开，不出半句声，急急上车，由母亲接走。

胡太太见女儿不接受搭讪，亦觉放心。

胡先生有别的想法。"这样不擅交际，会做大龄女否，总要结婚呀。"

这叫胡太太想起历年身为人妻的委屈，而所有女子必有怨怼，这样说："结婚有什么好，非结婚不可？结婚保证女子快乐？"

胡先生噤声。

胡球生日到了，向氏办公室又送来鲜花糕点。

胡太太对那漂亮助手说："无功不受禄，不好意思。"

"小朋友收些零食不妨。"

说的也对。

"向先生好吗？"

"多谢关心，他工作繁忙，可是精神上佳，最近关注校园欺凌事件，不知胡太太怎么看？"

"凡是欺凌，必有一方强势，另一方弱势，并非公平纷争，必须禁止任何人以对方种族、服饰、宗教、贫富或样貌上任何区别而施加欺凌。"

助手意外。"呵，胡太太，立场清晰。"

"胡球初中有同学取笑她四眼，我曾到班上亲身质问那个学生。"

"现在还有人歧视同学四眼？"

两个女子都笑。

"请问向先生怎会知道胡球生日？"

"他是检察部长。"

"是等于律政署主管？"

"他是主管的主管。"

"啊。"

胡太太悄悄把蛋糕送到慈善厨房。

"哗，好大一只红丝绒蛋糕，谁，谁十三岁快乐生辰？"

胡太太不作答。

隔天胡宅迎来客人。

那是胡球的表姐与她男朋友。

表姐有一个十分悦耳的英文名，叫晴朗。

她与英俊的男友贴近坐，像结婚蛋糕上那对小小人形。

胡太太说："大学毕业了，可是找工作？"

"我往爸证券公司做助手，从头学起，他到纽约升读硕士。"

"那是何科？"

"纯美术。"

胡球一言不发，静坐陪客。

表姐迟疑一刻这样说："家父的意思是，最好他与我一起工作，明年结婚，这美术系嘛，压后再说，或是不读也罢。"

胡太太非常客气地说："艺术无价，国际上次等名画亦以千百万计。"

那年轻男生高兴起来。

他们不久说有事告辞。

胡球问母亲："晴朗来干什么？"

"表婶叫我看看那小青年可妥当。"

"一眼看得出？"

"成年人见微知著。"

"那妈妈你怎么看？"

"不妨，女家有妆奁，爱嫁谁都行。"

胡球微笑。

胡太太纳罕："咦，你又怎么看？"

胡球低声说："他不会回来。"

"什么？"

"他不稀罕晴朗的妆奁。"

"你怎么知道？"

"无须占卦、算命、求签，只需把不可能成分剔除，余下便是真相。"

"你是小孩，目光清澄，你说说看。"

"年轻人虽然没有露出不耐烦样子，但明显心不在焉。他双眼看牢自己双手，或是鞋子，要不，调校手表，他腕表有两个针盘，一个拨在美国东部时间。他心已经飞出，他老早准备做逃兵。"

胡太太睁大双眼，不置信十三岁女儿可以在短短时间看到那么多信息。

"我还以为他羞涩含蓄，算是难得。"

"不，不，那是晴朗表姐，男生有点表现欲，你看他那双打金属钉的时髦牛津鞋子就知。"

胡太太怔半晌。"那，晴朗怎么办？"

"咄，晴朗表姐很快会找到爱她多过爱前途的人。"

"晴朗会快乐吗？"

"有妆奁的女子都会快乐，妈妈你会把房子留给我否？"

"啊，那是一定的事。"

胡先生下班知道此事。"神经病，小小年纪，预言推测将来，古怪不堪，叫她多出去走走，免得胡思乱想。"

"思潮澎湃可以当作家。"

"胡夫人，无论哪一行职业，蓝领白领，用心或用力，科学或艺术，都需要极度的毅力，自第一级挨上，没有意志力与规律集中还真不行，胡球性格散漫淘气，你别憧憬什么了。"

"嘿，这是什么话？"

不过，小小胡球的猜测居然正确。她晴朗表姐那已论及婚嫁的男友去到美国，只来过一则电邮，之后，无论怎样，都推功课忙，半工半读没时间想其他。

晴朗黯然。"我不是笨人，他应说明白。"

"他没有勇气，只好待其默默消失。"

晴朗看着表妹清澈双目。"你知道的还真不少，球球你聪敏过人，能像你就好了，必不吃亏。"

胡球按住她手。"心静、少话，坐远些、看仔细，都可以猜到会发生什么事。还有，如果我是当事人，或许比你更糊涂。"

"听听，二十三岁的我处处不及十三岁的你。"

胡球刚想安慰几句，表姐的电话响起，她轻轻说："是启聪？我在表妹家，不想出来，心情欠佳……"侧着身子，足足说上十分钟。

之后，心情好多了，向胡太太借件披肩，有黄色小跑车在楼下接她。

胡太太问："什么车子？模样古怪。"

胡球在窗口看一眼。"这是一辆标加蒂[1]。"

"啊，你又知道，比起费拉利[2]如何？"

"因为知道的人尚算不多，更加高贵。"

"你好像都有数。"

"因为我是年轻人，知道时髦事，我不必理会衣食住行、柴米油盐，大把空闲。"

到了夏季，天气明媚，女学生校服雪白，每个少女都像一朵小小栀子花。

碰巧该日胡太太来迟，邻校男学生迎上，搭讪说："你大

---

[1] 标加蒂：布加迪，Bugatti，百余年历史的法国跑车品牌，汽车中的奢侈品。

[2] 费拉利：法拉利，Ferrari，世界闻名的赛车和运动跑车。

概未乘过公共交通工具吧。"

胡球不去理睬。

"我叫景唐，做你邻校同学已有三年，胡球，但是你从不看我。"

到底是少女，胡球忍不住看他一眼，原来是如此英轩的混血少年，她别转头。

他给她一只信封。"这是我的简历，附着通信号码，有空请看一看。"

胡球伸手接住。

这时，胡家车子到了。

驾车的是胡先生司机。"胡太太有事，叫我来接。"

"什么急事?"

司机也说不上来。

不久胡太太回来，脸色煞白，一言不发，坐一角喝啤酒。

胡球那"把所有无关之事剔除，余下便是真相"的理论又派上用场。

母亲不会为生活费用烦恼，故此生气与钱银无关；只得一个女儿，乖乖在家，亦不是气恼因由；那么，当然是为着丈夫胡先生了。

父亲出了什么事？

胡球再加以剔除：并非交通意外，也不是疾病，那么是——

胡球缓缓走近。

母亲握住她手，忽然垂泪。

胡球故意扯远，说不相干话题："高班同学卓琳追求者众，男生都喜欢她，将来到三十岁，她一定有若干甜蜜回忆。"

对少女来说，三十是人生极限，即是说，三十之后，没有生命。

"我就没有啦，"胡球遗憾，"妈妈，医生说人脑前端，有一个神秘区域，叫二十五区，青少年冲动愚昧，皆因该区发育未全——"

母亲却说："球球，我有点疲乏，要眠一眠。"

胡球无奈，只得看着母亲寂寥背影。

有什么办法可以叫胡妈高兴？想半晌，妈老催她温习功课，也许可以一试。

胡球打开功课，发觉有一则作文欠了良久，再不交要扣十个巴仙，就动手做这篇吧。

她的数理化没有问题，读一次可获七十分，但中英文语言却叫她头晕，尤其是"读黄粱梦故事，以白话文重写一遍，并指出寓意"。这种功课，根本不知如何下手。

忽然想到景唐同学交上履历。

她打开一看，文字之上附有他的泳照，一身好肌肉，胡球掩嘴笑。

啊，据他所述，十科全能，国文尤其优秀。奇怪，一个混血儿中文比她好，胡球有点惭愧。

她联络他。

才打出姓名，那边已经叮一声在荧屏[1]出现，一脸笑容。"球球，打开镜头。"

"景同学，有事请教。"

"但说不妨，当尽绵力。"

"我不明的中文功课：什么叫作黄粱一梦。"

"这是一句成语，故事来历及寓意立刻传上，请细读两遍。"

多好，不用自己动手找资料，怪不得人人要有男朋友。

读完之后，她想半晌，这样说："倒是比卧冰求鲤及孔融让梨有意思。"

"你懂白话文吧，就是你我所说的现代语——"

---

[1] 此处指计算机屏幕。

"我懂，把整个故事搬到现代世界。"

"对，写三百字便已足够。"

"但，这个人的梦关我什么事呢。"

"写完你会有心得。"

"哟。"胡球捧着头。

"可要我替你代做？"

"不，不，你替我解答疑难即可。"

景同学再也猜不到外表秀丽冷静的她怕写功课，忽然变得疲懒淘气，更加可爱。

"想出来饮冰吗？"

"家母有点不适，我在家陪她。况且，十六岁之前，我不能单独外出。"

"你可寂寞？"

"不说这些，我先写功课，迟些联络。"

胡球这样写："少年陈小文，在中学毕业试获得上等成绩，多年努力，他终于可以升上一级大学，兴奋到极点，巴不得实时回家把好消息告知父母，但被同学拉住打球，出了一身汗。

"到家一进门，看见母亲在淘米做饭，中年母亲头发过早

灰白，她略一回头，对小文说：'哟，一身臭汗，快去冲身，你爸就回来，莫惹他不悦，他可是要问功课的呢。'

"陈小文想，这老妈还把他当小学生看待。母亲把米落锅，小文忽觉奇累，伏在桌上，悠然入梦，他看到自己与一班同学置身大礼堂，啊，怎么已经大学毕业了，教授唱名：一级荣誉陈大文，什么，他现在已叫陈大文了？

"他很快找到银行工作，穿上笔挺西服，升上财务部经理，负责批审贷款——"

这是胡爸的工作，胡球熟悉，她写了一大堆，指节酸软。

那边胡妈醒来，头痛，做咖啡喝，噫，球球在干什么，她有无看错，女儿好似聚精会神写功课，专注小面孔有一股尊严。

女佣走近轻轻说："写了好些时候了。"

胡妈点头，心觉宽慰。

这时胡球写道："陈大文结婚生子，工作越发顺利，不知多少人巴结，陈总前陈总后，与他把臂同游，投他所好，很快他不费分文漫游整个世界，收集了三十余枚价值连城名表，社会盛传'要方便，找大文'六个字——"

这时胡球想：形容会不会太夸张一点？但这是一篇创作

文字，不怕不怕。

"——终于有一天，忽然有人敲响大门，商业罪案组前来调查拘捕陈大文，经过判决，求刑八年狱八年，这些年他误批公款达三亿七千万——"

写得紧张，胡球手心冒汗。

"球球，吃饭。"

"我还要半小时。"

"——陈大文惨叫：'不，不，是他们陷害我，我落入他们狰狞圈套中，我只是一枚微不足道的棋子！'

"这时，他在自己的叫喊声中惊醒。啊，原来他仍然是陈小文，母亲喊他：'小文，爸爸快回来了，你去洗脸——'

"原来，他在梦中，匆匆度过一生起落荣衰，饭锅里米浆滚起，香气扑鼻，还未煮熟。"

寓意是什么？

是否老庄思想，人生如梦，做什么都是白做，不必劳碌，躺着一生便好？

不，成语往往有警世之意，但胡球一时想不到是什么。

女佣又要叫她吃饭，胡妈说："随她去，也许就是这一刻她开窍得道，用功读书。"

女佣掩嘴微笑，像是说：太太，你倒想。

胡球终于出来吃饭。

"妈，精神好些没有。"

胡妈不想影响女儿心情。"我不妨。"

过一刻胡妈问："球球，把你送往英国寄宿，你可愿意？"

胡球一听，几乎打翻汤碗。"不，妈妈，旧同学不知传回多少恐怖故事，恳求不要离弃我。"

"你看你吓得那样子，不过是一项建议。"

这时，胡球忽然舞动双臂。"我明白了！"

"明白什么？"

她丢下筷子奔回房间。"我明白寓意何在了。"

胡球赶快写下寓意："古时社会崇尚克己复礼，淡泊名利，骂人利欲熏心，是极大控诉，借故事寓意功名利禄无非一场空，无须苦苦追逐。

"但在今日社会，人向高处理所当然，不过得到权位之后，如何自律，要尊重法纪——"

她放下笔，松一口气。

啊，原来写功课有如此乐趣，始料未及。

胡妈见女儿一额汗，心疼。"今天像大人。"

"妈妈，在十八九世纪，没有少年这个名词。世界各国，中西相若，儿童一届十二三岁，便是大人，男孩要做工，女孩可嫁人，贫穷人家也不读书，社会制度欠佳，更无强逼教育保健之类，民生甚苦。一直到二十世纪初，环境才渐渐改善，不再有童工，设妇孺保护条例。"

胡妈叹气。"我如何不知，外婆家就重男轻女，她想升学，家人讥笑她作怪、妄想。"

胡球不出声。

"球球，早点睡，凌晨回天文馆，在日出时分观看日环食：太阳光被月球遮挡如一枚发光指环。错过这次机会，要待六百七十三年之后才会再遇。"

"哗，几点出发？"

"我会叫你。"

胡球先把功课传给老师，已经尽力，分数不再重要。

半夜，胡妈唤醒女儿，拎着暖壶暖锅，驾车往她办公之处。

这些年，胡先生不止一次劝妻子："起早落夜，丁点薪水，为什么，又不真是阿泰卡玛天文馆[1]，研究宇宙膨胀……"

---

[1] 阿泰卡玛天文馆：即阿塔卡马天文台，位于智利圣佩德罗德托托拉省，是世界十大天文台之一。

胡妈仍然坚持。

同事在凌晨五时已经会聚，见胡太太带来丰富早餐，欢呼万岁。

他们不必用滤光片，天文镜对牢影像，传至计算机，他们看着荧屏即可。

太阳影像出现，虽不是实物，胡球也觉威力，忍不住退后两步，她与其他同事子女屏息等候。

终于日偏食开始，一步一步，他们看到奇观，最美一幕仅三分钟，真像一枚闪闪生光的指环。

胡球心灵震撼，话都说不出来。

"奇观""毕生难忘""人类渺小"……

胡球要把这一幕在周记上写出，取过有关数据及图片，直接上学。

到了学校，语文科老师找她："胡球同学，黄粱梦那篇功课，你可有草稿。"

呵，怀疑有人代写。

胡球自笔记本取出手写第一稿，上边写满"？？！！"。老师边阅边笑："胡同学，你大有进步。"把功课还她，上边批一"甲"字。

胡球欢喜得发呆。

她得多谢景唐鼓励。

放学，在校门左右看了看，不见那男生。

司机扬声："这边。"

回到家，看到胡爸在整理衣物。

"咦，爸，你到什么地方去？"

"我到伦敦看房子，去三天就返。"

"妈妈与你同去？"

"她陪你，你未成年，怎可丢下。"

"我绝对拒绝寄宿。"

"小球，寄宿费用每年百万计，是种特权，你拒绝，我得救。回来之后，我将升任财务部副总裁。"

"贺喜父亲。"

胡爸伸出手，抚摸女儿头发。

胡球看到父亲腕上戴一块十分精致极薄的新白金手表。

她回到房间，隔一会儿，才到有关网页查询。

"AP表[1]，全球最薄机械芯——"底下标明售价，啊，那

---

[1] AP 表：爱彼，Audemars Piguet，世界著名三大制表品牌之一。

是父亲约半年薪酬。

胡球抬头想一想，似有疑团，又不知是什么。

"球球，我出门了。"

胡球连忙走近。"爸爸旅途平安，早去早回。"

胡先生拎着简便行李轻松离去。

傍晚母亲才独自回家。

胡球报告："爸去伦敦。"

"我知道。"

"明早测验，我回房读一次公式。"

"我知道。"胡母像是不想说别的。

胡球忍不住与景唐同学诉说："你说他俩怪不怪。"

"你就别管大人的事，他们爱你就好。"

"你的父母呢？"

"他们一早分开，我与外婆住。"

胡球不敢再问。

她把功课分数举高给景唐观看。"哗。"他说。

胡球把化学公式重读一遍，忽然决定查看过去的测验题目，老师都喜欢左右拐弯，从不老老实实问：一加一是几何。说到几何，那是下星期一的测试。

奇怪，胡球想，人类整个童年、少年与青年期都待在校园，真正需要，抑或是一项阴谋……

她伏在书桌上眈着。

胡母走过，啊，真的有点像好学生了。

过几日，胡先生回来，心情不差，可是少话。

他当着胡球说："向先生邀请胡球担任他婚礼傧相。"

胡太太一怔。"他要结婚？"

"城内热门话题，新娘是他下属，也是律政署人员，既漂亮又聪明。"

胡球问："什么叫傧相？"

"傧相分男女，举行婚礼时扶持新人，即伴郎与伴娘。"

胡妈忽然说："球球去见识一下也好，关在屋里多闷。"

"我有许多功课——"胡球不感兴趣。

"衣饰均由当事人提供，傧相只得你一人。"

胡球看着一向不喜热闹的母亲。"可有请你俩观礼？"

"合府统请。"

胡球应允出席。

没想到细节如此扰攘，向氏派了先前助手专门照顾胡球，把她接出试穿礼服，参观场地、酒席位置……

　　新娘非常漂亮，打扮时髦，从头至踵，无懈可击。可是年纪不小了，三十多岁，皮肤略干，不大笑，怕显皱纹。当然，也可能注射过药物，肌肉生僵，笑不动了。

　　胡球觉得她粉太厚，唇太亮，头发一圈圈波浪动也不动，每次见到胡球，她都略带意外说：“球球这身服饰真漂亮，像安琪儿。”

　　她不大认得胡球，事太忙太乱。

　　藕色裙子的确漂亮，这两袭礼服由专人自纽约手提乘飞机前来给新娘与伴娘试穿，再送回纽约改，然后又寄回来。

　　试礼服那日也试蛋糕，共三种。

　　新娘说：“我不吃蛋糕，球球，你挑一款就好。”跑去忙宾客名单。

　　助手走近，轻轻说：“红丝绒最美味。”

　　这时胡球才看到助手胸前有个名牌，她叫土井直子，原来是日裔，华语说得这么好，难得。

　　胡球搭讪：“我无名牌。”

　　“就你一个傧相，人人认得。”

　　“这些时间，却不见向先生。”

　　“他没有兴趣，也缺少时间。”

胡球又帮着试龙虾与牛柳，完了坐一旁在计算机板[1]上读功课。

直子感喟："球球真乖。"

胡球微笑："家母不会同意。"

她坐到一角，静静温习，忽然听到一个女子压低声音说："我真不想签这份婚前合约。"声音沙哑低沉，噫，这是谁，口气似新娘，但语气与平时娇俏全不一样。

"他根本没有什么资产，还要我签这个签那个，真阴险。"

与她对话的是一轻佻男子。"你又不愿嫁我。"

"嫁你，哼，你自己住在兄弟家储物室一张气垫床上。"

"你太计较物质。"

"对，我还需要吃喝——"

"听着，贪慕虚荣的女子，每年一千万，结婚十年才可得一亿，这笔赡养费也不无小补，婚后，住宅改你名下——"

"明天就改！"

"我再去商议。"

"你是我代表律师，你得代我争取。"

---

[1] 平板电脑。

"你是结婚，不是离婚，也不好意思逼得他太紧。"

"哼。"

胡球张大嘴，又合拢。

"呵，对，"那男子问，"那秀丽的小女孩是谁，是他前妻所生？"

讲的是胡球，她吓一跳。

"不，他俩没有关系，向与她父母是朋友。"

他们还要说下去，胡球轻手轻脚，走得老远。

直子说："龙虾与牛柳都老一点，酒店说要八成熟，遵守食物安全规例。"

这时直子听见小女孩轻轻说："不用费事了。"

"什么？"

小女孩继续说："婚礼不会举行。"

直子笑容僵住。"那是下星期三的事呀。"

胡球忽觉疲乏。"我要回家。"

"你不舒服？我叫车送你。"

直子陪胡球在酒店门外等车。

实在忍不住，直子问："你怎么知道婚礼将会取消？"

胡球还来不及回答，一辆黑色大车在她们面前停下，下车的人正是向明。

他满脸笑容。"这是你，球球？差点认不出来，真人比照片更漂亮，这次劳驾你了。"

他伸手来握，胡球觉得他的手又大又暖又有力。

向氏气色甚佳，神采飞扬，越来越英俊，同先前那个病人，天渊之别。

向明几乎不想让胡球离去。

这秀美少女，是他救命恩人，他不敢说出，就在手术那天，他已预藏大量药物，若不是她劝阻，预言他会获救，他已在当天下午全数服下。

"球球——"

胡球忽然踏前，轻轻说："不要不高兴。"

"什么？"

这时，电话催他进去。

他说："球球，稍后再谈。"

胡球对直子说："无论发生什么，请静静站一边。"

车子来接，胡球上车离去。

该怎么说呢。

在举行婚礼前三天，婚礼被取消。

向氏派人一张张把帖子收回。

直子累得脸色苍白。

胡母留她喝一碗鸡粥，又给一壶红枣茶。

直子感动，诉苦："我一共跑了三十家，差不多了，其他同事更惨。"

胡太太不好问为什么，只说："这盒是球球的礼服。"

"他们不要了，送给球球。"

胡太太说："那我捐给学校戏剧组，谁要是扮公主，用得着。"

直子告辞，忽然迟疑，这样说："我想与球球说几句话。"

胡太太微笑。"我还有点事，失陪。"

直子坐近胡球，取出手电[1]。"球球，请看该名男子。"

胡球看到直子与一高加索[2]年轻男子合照，态度亲昵，分明是密友。

直子这样做是什么意思？

她这样说："球球，你看他怎样，我父母不赞成这个外国人，说他们会虐杀女人埋在后园，父母与我闹翻。"

---

[1] 手电：手机，手提电话的简写。

[2] 高加索：Caucasus，中亚地区。

呵，原来把胡球当作未卜先知。

胡球是孩子，遭此礼遇，十分高兴，但一帧小小照片看不出什么。

"一会儿他来接我，你可看到真人。"

这时胡球坦白："我不懂看相。"

"多一双眼睛也好。"

直子借用洗手间，胡球伏露台看风景。

她看到一辆小小旧房车驶近，一个西人下车。他中等身段，其貌不扬，栗色头发，想必是直子的男友了。他并没有实时敲门，上下左右打量胡宅前后，似有极大兴趣，呵，十分无礼。

胡球警惕，这人好奇心也太浓厚一点，他不知道他打量屋子，露台上也有人看着他。

只见他肆无忌惮撑着腰抬头看园子中树木，直至手电响起，是直子找他。

这时邻居一只大眼芝娃娃[1]走近，对牢陌生人吠。小狗的通病是统共没有自卑，也无自知之明，老以为自身同大狗一

---

[1] 芝娃娃：吉娃娃，超小型犬种。

般权威，动辄大吠大叫。

不过叫胡球吃惊的是那个西人的反应，他忽然走近小狗，举脚就狠狠踢过去，那一腿把小狗踢飞到篱笆，小狗惨叫。

胡球惊得发呆。

身后的直子说："来，一起下去见他。"

胡球气急败坏转过身子。

"怎么了？"

"你爸妈讲得对，疏远这个人，越快越好。"

直子瞪着球球。"我与他打算订婚并合伙做小生意。"

"不，实时分手。"

直子怔怔地走出大门，毕竟胡球是一个小女孩，举止再成熟也不过是个孩子，她的直觉可信否？

胡球一直在露台注视那人，他看到直子，立刻迎上，态度自若，像什么事也没有发生过。

他们一走，胡球就奔下楼去检查小狗。

她抱起它。"你看你，恶犬自有恶犬磨，强中自有强中手，下次可得聪明点。"

小狗哀鸣。

胡球嘱邻居带它看兽医。

这时女佣通报："一位向先生要见胡太太。"

"呵，请他进来。"

向明脸色尴尬，坐下，半晌才说："她不爱我，婚礼取消。"

胡太太几乎想笑，这样一个运筹帷幄的大人物，足智多谋，见过大场面，连心脏都换过，却说出如此孩子气的话来。

"她与前度男友藕断丝连，唉。"

女佣给他一杯清凉茶。

"打扰你们，不好意思。"

"向先生，你别客气。"

胡球微笑。"下次可以再邀我做傧相。"

大人都尴尬地笑。

向明的手已伸出想抚摸胡球头顶，蓦然想起，她已是一个少女，不可造次。

他再三道歉，告辞。

胡球老气横秋对他说："好好工作。"

事后胡妈轻轻说："多可惜。"

"不相干，这已是他第三次。"

胡妈掩嘴骇笑，不知怎的，她只觉滑稽，然而随即想到自身，她叹口气。

报上花边新闻这样说："——是次盛大婚礼取消，诸类花费如定金损失何止百万，连圈内人也不明好事何以告吹，只知那位准新娘匆忙离职，传说是婚前合约最终谈不拢……"

胡先生这样说："但双方并非巨富呀。"

胡太太不接话题，他们没有对话已有一段时间。

景唐同学说："比吵闹好得多。"

胡球问："什么人随时随地虐待小动物？"

"邪恶的人。"

"没有例外？"

"绝无例外。"

"但人类是食肉者——"

"要杀要剐，迅速解决，以生命换取生存，无须伪善，虐待不在容忍范围。"

胡球松口气。"多谢你，智慧师兄。"

景唐不好意思说他的智慧包括想拧她脸颊与亲吻她额角，他这样说："希望有一日可与你约会。"

胡球功课明显有进步，但疲懒习惯仍然难除，早上必赖床十分钟，打开书包前必先看时装杂志，少女通病。

像所有少女一样，对自身外形不满：眼太细、臂过长、胸脯不够饱满，有女同学极端地说："中学毕业实时去做矫形手术。"

叽叽喳喳在电邮中谈异性："我大姐说，最无智慧的女子才喜欢智能型男生""他有无脑子与我无关""我喜欢漂亮男子""光是看就舒服，他们手脚合比例，举手投足都赏心悦目"……

同从前十多岁女孩心思完全不同。

"胡球，你有何意见？"

胡球答："也不是说你喜欢谁可以遇见谁，有人一辈子也找不到那个人。"

大家都静下来，气氛顿见凄凉。

"看过荒谬的电影——没有。"

又谈别的，永远有不相干话题。

直子来访：这次脸容比上次还要苍白，黑眼圈，人消瘦，似大病初愈。

最奇特的是，她的头发少却一角。

胡太太觉得异样，她说："直子，父母不在你身边，你独自在本市工作，有事同我们商量也一样。"

直子喝口热茶，低声说："我与男友分手。"

胡球一听，吁出口气。"好极，这样我放心了。"

胡太太瞪女儿一眼。

"他不愿罢手，原形毕露，在我门口守候，出言恫吓，贴大字报，一晚打几十个电话，在街头，他捆住我，用大剪剪去我头发，吓得我寝食难安。"直子饮泣，"他从前不是那样，他一向对我好——"

胡太太已经气白脸。"他就是一个坏人，从前披上羊皮欺瞒你以达到目的。"

"我告诉他，那十万元可以不还——"

"他向你要十万？"

"他说是投资化妆品公司首期，我随后调查，那家公司根本从无打算与人合伙，一切是个骗局，一切多亏球球提点。"

胡太太看着女儿："你？"

胡球很镇定地说："直子你有无报警？"

直子苦恼。"我怕进一步激怒他。"

胡球又来抽丝剥茧。"他最终最怒会怎样，你是怕他会杀害你？"

直子大哭，四肢发软。

胡太太叫用人取热毛巾给直子敷面。

她如此忠告小女生："你在律政署工作，向先生是你上司，你可找他商量，来，我陪你见他。"

"向先生日理万机——"

"这也是他的事，他筹划保护每一名市民。"

胡太太握紧直子的手。

"球球，你也一起，这是学习机会，让你知道，世上有人如此可恶！"

向明正在办公室，胡太太三言两语说明来意，向明立刻把秘书叫进，吩咐给此人下禁制令，并到警署问话。"直子，你可到亲友家暂住？"直子不语。

胡太太仗义。"直子可来我处。"

"不，"直子说，"这人很麻烦。"

"人多他不敢怎样。"

直子双目空洞。"以后再也没人敢接近我。"

"不是你的错。"

胡球抽空打量向氏办公室，发觉全无墙壁，都是书架，摆满书籍，案上放一本英译《孙子兵法》。

直子站起。"打扰向先生。"

向明邀请她们母女午膳，胡太太微笑。"我还有事。"

胡球想说：我大把时间。被母亲眼光阻止。

胡球遗憾："许久没吃龙虾。"

胡太太安排直子在小客房暂住。"衣物及用品都齐，不必回去拿。"

"我的手提电脑还在那边。"

"那么叫司机陪你。"

胡球说："我也去。"

"速去速回。"

直子住在自置小公寓内，一时难搬家，那小小地方只得三百多平方呎 [1]，小得可爱，有一个凹位放单人床。直子说："叫你见笑。"

"怎会，自置公寓，自家天下，自给自足，羡慕还来不及，将来，一间间换上去，要多大都有。"

"球球你真懂事。"

直子把杂物装满一个行李袋，由司机与胡球陪着离去。

回到家，还没进厨房，就闻到食物香味，只见厨房放着一大盘清焓龙虾，只只硕大肥美。

胡妈说："向先生派人送来，你看，你悄悄咕哝他都听到。"

胡球唤直子："吃不下也吃一点，我替你掰。"

---

[1] 呎：即英尺，英美制长度单位，香港1呎等于0.3米，1平方呎等于0.09平方米。

"吃不了那么多，我拿些给邻居太太。"

隔几日，胡先生又出差，家里连用人四个女子。

胡球不甘心。"没人保护我们。"

胡妈哧一声笑。"一个久无运动的胖胖中年男子，不见得有能力退贼。"嘱女佣入夜后关牢门窗。

那日胡球有点不安。

直子经过几晚休息，精神好转，同胡球说："我有日裔女友想你替她们测一测未来。"

胡球没好气道："啊，我不是巫女术士。"

"你极之聪明，看得出端倪。"

"才怪，我可摸不清楚老爸为何一季内第二次往伦敦出差。"

"我的朋友想知道，什么时候才嫁出去。"

胡球笑。"一过二十一岁，便都开始担心。"

"她们都在本市工作，有一个拥有硕士学位，独立能干，也有理想职业。"

直子给胡球看照片，两个秀丽年轻女子，染棕发、浓妆，门牙不大整齐，一看知是日裔。

已经二十七八岁，尚无知己，可想而知，结婚是要待三十之后的事了。也许，到了彼时，不再那么挑剔，选择反而较多，亦可与略小几岁男生交往。

直子看胡球脸色，知道不甚乐观。"嫁不出？"

"一定有机会，大把追求者，可能有人中奖。"

"口气像江湖郎中。"

胡球忽然抬头。"什么声音？"像打碎玻璃。

胡太太说："我去看看。"往楼下走去。

直子这样说："球球你家富裕——"

这时防盗铃骤然响起，胡球与直子跳起，但过两秒钟，又被按熄。

胡球唤人："是否误触？"

没有回音，邻居那只小芝娃娃大声吠起。

胡球心急。"直子，你留房中。"

她走下楼梯，看到厨房有灯。"喂，喂？"

看到厨房内情况，呆住。

母亲与女佣都坐在椅子上，目光呆滞，胡球机灵，一转身，已经来不及。她看到一个黑影，来不及叫嚷，额角已着了一记，金星乱冒，痛入心扉，倒在地上。

胡太太惨太叫："球球！"

胡妈跌坐地上。"是你。"

那黑影自门后走出。"可不就是我。"

他是直子那个男友，他居然追寻到胡宅，一定先破窗而入，用宽身胶布捆绑女佣，再等胡太太下楼，把她固定在椅子上，然后，击倒胡球。惨在一屋妇女，无力抗贼。

"说，土井直子在什么地方？"

他挥舞手枪，朝天花板鸣一下。

胡球双耳嗡嗡响，但还能抬头看牢凶徒。他双目血红，嘴角流下涎沫，已分不出是人是兽，一直咆哮，动手捶打胡球。

这时直子出现，尖声叫："我已报警，放开她！"

她们听到警车呜呜自远驶近。

那男子疯狂。"你跟我走。"踢打胡球。

他硬要把胡球拖出门当人质，胡球无论如何不就范，她躺到地上，镇静地说："你可以即刻射杀我，我死在自己家中，好过被你拖走失踪。然后三个月后才寻获腐尸。"

那人跳脚，不住殴打胡球，又扑向直子，胡妈挣扎痛哭。

警车号角声越来越近。

那人匆匆打开窗户要跳出逃走，就在这时，忽然有一团毛球穿窗而入，紧紧咬住他颈肩，是那只小狗！它回来报仇。

那人号叫，要大力扯脱小狗，但它异常固执，坚决不放，那人鲜血淋漓。

直子忍无可忍，扑向那人，要同归于尽。

说时迟，那时快，警察已经围拢。

他们扑倒凶徒，把他按在地上，夺去枪支。

直子抱住胡太太痛哭。"是我不好，是我连累胡家。"

胡球一声不响，一拐一拐走近凶徒，举脚便踢。

"小姐，小姐。"被警察拦住。

胡妈松绑，四肢无力。

胡球把小狗自凶徒颈项扯脱，紧抱胸前，那小狗犹自瞪眼胡胡露齿，人狗全是血迹。

救护车抵埗[1]，邻居全出来看视。

胡球伤得最惨，额角缝五针，左臂脱臼，浑身淤青。

直子溃不成军，内疚得只会缩在一角。

向明赶到医院，他穿着便服，沉着与医生谈话。

"那人怎地歹毒。"

"幸亏全是外伤。"

---

[1] 抵埗：抵达，到达。广东、香港一带用语。

"猜测凶徒服用过亢奋剂[1]，正在检验。"

他蹲下同胡球说："你做得正确，你很勇敢，否则警方迄今寻人。"

胡球听到勇敢二字，蓦然想起刚才那幕有多惊险，双手忽然簌簌颤抖，按都按不住。

接着，警员前来问话。

原来，胡球是最镇定一个，女佣获救后第一件事便要辞工，胡太太经过注射，昏睡过去，直子握着胡球双手，仍然哭泣。

警员问胡球："你父亲呢，可要知会他？"

胡球低声答："他在伦敦公干，这件事是意外，无可预测。"

向明在一旁静静听耳内。

终于，问话完毕，警员离去。他坐到直子面前，沉声这样说："直子，这件事，不是你的错，纯属不幸。你要是坚持内疚，辞职回乡，匿藏逃避，那么，他终于还是胜利了。但是，你也可以鼓起勇气，如常生活，绝不低头。"

直子忽然止泪。

---

[1] 亢奋剂：兴奋剂。

"你看胡球多强壮。"

可怜的胡球，一听向氏再次称赞，双手又颤抖不已。

啊，倘若被凶徒拖出扯到僻静处，后果不堪设想。

向氏说得对，人生有数不尽的难关，要不咬紧牙关，拼力过渡；要不从此销声匿迹。在一些比较幸运者眼中，拼命奋斗可能只与麻木厚颜一线之隔，但 fight or flight, sink or swim[1]，视乎一个人的性格。

土井直子独自漂洋过海，寻求前程，性本勇猛，应当可以再次站起。

果然，她抬头说："我明白了，那人已经被捕，我决定返回公寓休息，下星期一上班。"

向明松一口气，轻轻告辞。

胡球很是宽心，握着直子手，闭目养神。

向先生讲的话，字字珠玑。

胡球最迟出院，共住了五天，同学都来探望，景唐站一角，脸红红，不好意思接近床边。

回到家，第一件事是请小狗吃火腿，抱怀中，同它说：

---

[1] fight or flight, sink or swim：战斗或飞行，下沉或游泳。

"你是我的英雄。"

胡先生回来，气得炸肺，立刻联络律师，采取行动，又坚持搬家，要洗脱妻女阴影，闹好几天，却没有下文。

胡太太坚拒搬家，一旦示弱，歹徒就胜利了。

而女佣惊魂甫定，也改变主意，加薪后继续留任。

那凶徒来自高加索，已认罪，以企图绑架及伤人罪判刑五年，出狱后将实时递解出境。

事情好似有个了结，但是一整年，胡球一听到什么细微声响，都会自梦中惊醒。而她耳聪目明，真是一根针掉地上都听得到。

本来内向的她更加沉默，看事更加清晰。

这时，她已知道父亲时时往伦敦是为着什么。

有一个人在那个城市。

而且，那人逐渐嚣张，电话电讯时时传到胡家。

一日，直子告诉胡球："我将随向先生到伦敦办事，可要带什么，皇室珠宝、女皇签名？"

"本市什么都有，谢谢你。"

隔一会儿，她说："这个地址，麻烦你差人去探一探。"

"噫，肯宁顿，SE1。"

"正是，看看是什么人住该处。"

"容易，我立刻找人去打探。"

"直子，谢谢你。"

"为胡家，水，水里去；火，火里去。"

直子在侦查部办公，当然有相熟的人。

照片拍摄传回，她也怔住。

直子认得胡先生，但，照片中那俗艳少妇是什么人，还有，他抱着的幼儿又是谁。

那圆脸幼婴像足胡先生，穿着全身淡蓝，分明是个男孩，胡先生带笑意眼神尽显钟爱。

直子吓出一身冷汗。

这件事可如何汇报。

这个中介不好做，直子尽失游客心情。

她找到数据：那座位于肯宁顿区的公寓时值约一百二十万英镑，买主一次性付款，屋主名卞京。

这一边胡太太每晚都做梦，心神极端不安。

"妈，是噩梦吗？"

"又不是被猛兽追逐或是堕入万丈迷津。像昨夜，梦见自己十五六岁，放暑假在娘家，午睡醒来，手中还握着珍爱的漫画《水浒传》。"

"哟，我还未出世。"

"我要到二十四岁才嫁人。"

"你还会嫁给爸，我还会是我？"

胡妈答："你当然还是你。"

"哟，真险。"

"十五岁生日，想如何庆祝？"

"我俩都不喜热闹，一碗鸡汤面就好。"

"准你独自外出，不过晚上九时前一定回家。"

胡球对景唐说："可以看七点半那场电影。"

"我陪你。"

"说说而已，戏院人杂空气混浊，听说发现臭虫。"

景唐无奈。

"我记得你今年毕业。"

"已投考各国公立大学，但学费生活费用仍然惊人，实在不想动用外婆些许老人储蓄金，几年来赚得一些补习费恐怕只够一张飞机票。"

胡球忽然说："就在本市半工半读，有了基础，才往外国进修，你可以陪伴外婆，我也有个说话的人。"

景唐微笑。"我向往外国文化习俗，好想见识。"

"男子有的是时间。"

"胡球你说的话总叫人宽心。"

"直子也那样称赞。"

"直子，是那个不停哭泣的女子吧。"

"她已经抹干泪水，升了级，生活得很好。"

景唐只好赔笑。

直子出差返回，收到有关肯宁顿第二批照片，发觉那叫卞京的女子又告怀孕，一脸自得，双手搁腹上，看大小，仿佛已进入第二期。

直子不得不约胡球出来面谈。

这还是个未成年少女，说话要极之小心。

胡球有点紧张。"有答案了。"

直子点点头，出示那些胜过千字的照片。

胡球凝视沉默。

"你一早已经知道这件事吧？"

胡球点点头。"最近他一去整月，好像不在乎我们，他不再专注工作。剔除其他可能性，像爱上大英博物馆或钟情阴暗雨天，甚至打算进伦敦大学重修文学之类，剩下只有一个结论：家父已抛弃我们。"

直子觉得背脊凉飕飕。

她一向盼望结婚，原来二十年后是这个样子。

"胡太太也一早得悉吧。"

"比我更早知，依母亲性格，应提出分手，但她像保护腹中胎儿般保护我，尽可能多留一会儿，等到我成年才行动。"

"她一片苦心可有成效？"

"有，今年自问可以应付，去年或前年则不行。"

"男人真奇怪，胡先生在澳门一家茶厅偶遇这女子，她在店里当掌柜，极速就变成情侣关系，并且决定送到伦敦包养，一并连她母亲与兄弟也照顾在内，与二十年家庭疏离。"

胡球点头。"不可思议，他与家母是同学，亲友以为他们会白头偕老。"

"胡球你家就要破碎，你还如此镇静，实在了不起。"

"假如捶胸顿足哭闹有用，我也会声嘶力竭干一场，此刻只能冷静：家母一直有工作与独立收入，搬个小一点的房子，一样过活，算是不幸中大幸。"

"说到房子，胡球，我疑心一件事，依令尊在银行收入，年薪百余万，两边家庭开销，以及一次性付款赠送公寓，已经超出收入多倍。"

"啊。"胡球吸气。

"这里头，有些古怪，假如胡太太要分手，宜早办手续，勿拖延，以免牵涉在内。"

"你是指——"

"我在向先生办公室超过五年，常常听他们说：追踪金钱来源，定可知悉线索。还有，你也一直认为，事件中除去不可能，剩下即事实。"

胡球说："今夜我就与家母商量。"

"对不起，胡球，我没有好消息。"

胡球沉默一会儿，忽然说："你看这胖胖小儿多可爱，已有一岁样子，快会走路。"

"据说，腹中那个也是男孩。"

"怎样知道？"

"保姆们在公园闲谈，被人听到。"

胡球点头。

"球球，父母离异是极之寻常悲剧，你非得节哀顺变，你做你自己的事，靠自家双腿站立，不得迁怒诿过于任何人，抱怨申诉任何事。"

胡球用手搓脸。"什么时候我们变得如此老辣麻木。"

气氛忽然悲哀。

隔了一个晚上，胡球才与母亲摊牌。

她说："这样含羞过日子，没有意思，人到底有人的尊严。"

"女儿，你说得对。"

"他们第二个孩子将要出世。"

"我已请邓永超律师草拟分居书，对不起，球球，挨不到你成年。"

"我早已成年。"

但这是自夸，想到生父猥琐劣行，打心里憎厌恨恶害怕，胡球忽觉恶心，胃部绞动，呕吐得一地都是。

母亲与女佣连忙收拾。

胡球跑到浴室，坐莲蓬[1]下淋足二十分钟，皮肤泡得发红起皱。

在男性世界，认为只要双方成年，彼此情愿，没什么大不了，社会可以容忍。但是，已婚，有子女，为着私欲，不惜伤害身边最亲密的人，这样自私自纵性格，多么可怕。这

---

[1] 莲蓬：指花洒。

种人，永远不会爱人，他不觉世上还有其他人等比他更重要。

胡球身上有百分之五十基因来自一个这样的人！

她痛哭，她不要像他。

胡妈站房门外听女儿哀哀痛哭。

女佣不忍。"什么事？"

"别理她，人生那么长，总有不如意之事。"

"球球与直子小姐谈得来，请直子小姐劝助。"

胡妈摇头，抬头，长长叹气。

专办离婚官司的邓律师留了时间见她们母女。

她特地上门与胡太太研究细节，看过资料，轻轻"哈"一声："证据确凿，万无一失，告诉我，胡太太，这幢房子属谁名下。"

语气老练冷静，仿佛桌上摆着猪肉，准备大力剁下，看能分到多少。

事到如今，那样做也是不得已。

胡太太出示屋契、证券，以及储蓄户头。

"立刻成立小型基金，转名给胡球——"

胡球跳起，厉声说："我不要，我不要。"

胡母沉声："坐下，球球。"

胡球泪流满面，这叫抄家。

邓律师轻描淡写地说："这十多年我一共办理千多宗官司，所见男人，没有最贱，只有更贱，胡先生只算普通。"

胡球打冷战。

胡妈低头不语。

"胡太太，第一件要做的事：请你恢复本名，也许你不大记得，在放弃自家身份全心投入胡家之前，你也有姓有名。"

胡太太面如死灰。"我叫颜启真。"

"我回办公室实时草拟文件替你速递寄出给胡氏，你等消息即可。他如找代表与你谈判，勿发一言，我会替你处理，这是一笔颇可观的赡养费，不可退让。"

"有一半属于他——"

"不，全部在你名下，你有工作，你可降低生活条件独立，你有志气，但胡球才十五岁，未来的生活及教育费用非同小可，此刻只有你为她着想。"

颜女士完全醒悟。"明白。"

胡球忍着沉痛，走到露台，佯装看风景。

只听见两个中年妇女低声商量："把他留下的所有财物尽速整理收藏。"

"这——"

"胡先生倘若有半分替你着想，你不必下此招。"

邓律师离去之后，颜女士整理卧室小夹万[1]，打开，发觉里头有十多枚名贵镶宝石手表与袖口纽等饰物，衣帽间里摆着一箱箱高价葡萄酒。

胡先生竟拥有如此多与收入不符的身外物，所见不过冰山一角。

他并非商人，他只是一家银行的贷款部主管，这些财物，来自何处。

颜女士忽然明白。

少年女儿成为她苦海明灯，若不是胡球灵心洞悉机关，加速行动，她迄今还在拖延。

第二早邓律师又来。"已替你联络中介售屋，另外替你找一所宽裕公寓。"

胡球脱口问："那爸回来，到什么地方住？"

律师又是"哈"一声："真是个孩子，胡先生会怕没地方住？"

---

[1] 夹万：广东方言，保险箱、保险柜的意思。尤其指用于隐藏物品的隐藏于墙壁内的暗格（保险箱）等。

胡球没话说，胡爸已经好些日子未返，连电话也无，可能在伦敦，也可能在世界其他角落。

也许，卞京女士不只在肯宁顿有寓所。

人的心一灰，也就不在乎。

房子三天内就照定价出售，买主是极年轻漂亮女子，非常瘦，长发清秀，只略瞄一下，便立刻拍板。

中介笑。"手快才有。"

女子见到胡球，一怔，细细凝视，轻轻说："世上竟有如此好看少女，本市叫人惊艳之处，层出不穷。"

这样口气，当然不是本地人。

女子又顺口问一句："为何把这样好房子出售？"

中介连忙代答："女儿出国留学，屋主顺带移民。"交代过去。

那美女轻轻说："呵，变迁。"

胡球母女也去看房子。

邓律师照顾周到，新居一样大露台，宽卧室。

颜女士迟疑："这么贵，不如暂租住。"

邓律师斩钉截铁道："贵卖贵买，一定要自置。"

颜女士说："邓律师金玉良言。"

"放心，也不是免费的。"

大家只好笑。

一个家，苦苦经营二十载，要拆散，只需三五天。

这下胡家胡宅已经不存在，胡妻恢复本姓，通信号码全部更换。

胡氏如果要找人，大概只好到天文馆或学校，两处都是公众地方。

颜女士这样说："他来找我们干什么，他先走，不是我们。"

邓律师带来一段录像，胡氏瞪着眼破口大骂，胡球看着那张扯得歪曲丑陋的面孔，不认得他是生父，一句也没听进耳朵。

颜女士不动声色，像是看着宇宙远处的英仙座。

母女都不明白，一个人怎会变成这样，他为着什么？

胡球最后听见他这样说："做人，有话不可说尽，有风不可驶尽。"

这是在说她们母女，抑或是他自己？

邓律师说："他尚未签字，我与他对话，他怪我是罪魁祸首，怂恿无知妇女离婚霸家产，像我这种律师，简直是女巫，应当活活烧死。"

胡球没想到男人也那么会骂人。

颜女士问："还有比这更坏的情况？"

"怎么没有，上月才有一个丈夫，一听要付赡养费，立刻大声骂妻子虚荣。看，要吃饭就是不能安分。"

胡球不知怎的，忽然笑出声。

邓律师纳罕："小妹妹，你笑什么？"

胡球想一想说："父亲不会吝啬金钱，他会尽快签字。"

"你怎么知道？"

胡球答："因为，有人急着要做新胡太太。"

"好聪明的孩子。"

邓律师出示照片。"两个幼儿也不能再等。"

第二个已经出生，分别由保姆抱着，在公园晒太阳。

"胡先生知会我，下月亲身回来与你说话。"

颜女士冷静站起。"不必，这里没人想见他。"

那两个幼儿长得一模一样，雪白皮肤，大眼睛，会笑，嘴巴张成半圆，可爱至极。

胡球又开始计算：与我有百分之二十五基因相同……

但非洲小人猿与人类的基因也只有百分之五差异，胡球又略为安心。

邓律师轻声问："你妈妈可伤心？"

"这不是伤心的时候，将来吧，待我毕业后工作，不在家中，她才会渐渐酸痛悲哀。"

"胡球你口气像大人。"

"也许，她会再次遇到意中人。"

"此番又天真乐观似孩子，你明澄通澈双眼真看到那样美好前程？"

胡球不出声。

二

生命是一个骗子，拐走她父亲，

又带走好友，只有年龄缓缓增加，

除此之外，一样比一样少……

这一季，胡球像是长大十年。

胡先生赶回来，问邓律师："我留在旧居的杂物去了何处？"

邓律师冷冷回答："人去楼空，人非物非，何尝有什么杂物。"

胡先生气结。"我本不计较，但你也未免太歹毒一点。"

"既不计较，何必提起，恭喜胡先生连获两子，谨祝五世其昌，父慈子孝。"

一提另一头家，胡先生气馁。

邓律师讲得对，他不是最坏那一个。

至少他有资产留给胡球好好生活。

"球球好吗？"

"很好，功课有进步，未晋甲级，大有希望。"

胡氏沉默，在文件上签署。

"球球不想见我？"

"我猜不，你已调职在伦敦总行上班，偶尔回来，也不用骚扰她了。"

胡氏无言，站起来，踌躇，像是有话要说，终于明白，一切由他主动，前妻走投无路，才出此策。她也曾恳求他留在本市，他只推说公司事忙，逃一样奔往飞机场，嘴角忍不住一丝窃笑。

他还能说什么。

他静静离去。

啊，对，他留在旧宅那一批名贵手表，卖得好价钱，表行代办讶异："全部属限量出品，价值连城，未曾佩戴，连证书卖得高价。"

景唐同学这样与胡球说："外婆身体欠佳出入医院，对不起，无暇问候你近况。"

"身体何处不妥？"

"年老器官自然衰退，人类命运如是。"

胡球惆怅。

直子来访。"向先生问候你，如有需要，请你告知。"

不知怎的，直子戴着墨镜不除。

"新居仍然宽大舒适宁静，你们母女一往天文馆，一到学校，交通也方便。"

"本月有金星凌日，错过这一次，要等许多年。"

"你是近水楼台。"

"不过人类仍然只看到自身眼下琐事：呵，怎样可以减去五磅[1]？英俊的阿王为什么久不来电？谁说小眉比我漂亮？几时才轮到我升级呢？"

直子微笑。"你凡事看得这样透彻是不行的。"

"直子，这次多谢你讲义气。"

直子看着胡球额上伤疤。"我欠你一辈子。"

胡球笑。"我是男子就好了。"

这时直子缓缓脱下墨镜。

胡球一看，倒抽一口冷气："嘿！"

这下子她看清楚了。

直子本来一双单眼皮妙目，此刻变得又圆又大，眼角有刀痕未愈，眼袋红肿，鼻梁高挺，鼻尖改窄。还有，适才没发觉，一并连下巴也削尖，两腮呈"V"形。

胡球大惊失态："啊，直子，你换了一个人头！"

---

[1] 英美制质量或重量单位，1磅合 0.4536 千克。

直子啼笑皆非。"嘘，嘘。"

"你老板换心，你换脸。"

把直子拉到阳光下细看，蹬足："直子，你本是美女，此刻变成妖怪。"

直子推开她。"谢谢你的赞美。"

"啊，直子，我可以看到一个个针孔，是什么叫你出此策，你对自己有何不满，你应先看心理医生——"

胡球正嗟叹，忽而想起另一处，动手扯开直子衬衫，一看，胸前还绑着纱布及橡筋布，胡球惨叫。

"不，不！"

颜女士跑进房。"什么事？"

看到新直子，她也呆住，半晌作不得声，终于惊骇叹息："呵，直子。"

直子若无其事。"我总算脱胎换骨，再世为人。"

胡球颓然。"我再也想不到你那样讨厌自己。"

颜女士气结。"直子，你以为这是自我增值。"

"医生说半月内消肿，半年后完全看不出。"

"看不出什么，你原来是韩裔？"

胡球坐倒在椅子上。"To what ends？ [1] 打开杂志，全是千元一瓶五十毫升的美白脸霜，要白到什么程度，像西人抑或僵尸？还有，高跟鞋到底要多高，睫毛又增多长？"

直子缓缓喝茶。"胡球，你长得好看，你不知别家苦处。"

颜女士摇摇头出房。

"我都不认得你了，我怎么与大胸脯拥抱呢。"

"我不贪心，只是五百毫升。"

"我的天，向先生看到没有，你可有实时升职？"

"胡球你知我近日十分失意。"

"一些糊糊女情绪低落，用刀片割肉，以一种苦楚遮掩另一种痛苦，你又到家 [2] 一些，整张脸割过，又补了胸部。"

"你会习惯。"

"直子，我一直视你为好友。"

"男子看女子，与女子看女子不一样。"

"归根究底，为着讨好肤浅鲁莽的他们。"

"胡球你决定要生我气。"

"不，永不。"

---

[1] To what ends？：出于什么目的？
[2] 达到很高的水平或标准。

胡球忍不住拥抱直子，胸前虽大，但软软糯糯，像真度极高。

女佣在门外说："直子小姐，做了你最喜欢的菜肉云吞。"

看到直子的脸，唬住，连忙退后。

直子微笑。"都怕我。"

颜女士只得说："怎么会，我们也崇敬大胸女。"

大家都笑起来。

直子走后，颜女士摇头。"本来多好看的稚气扁圆脸。"

"也许直子也有道理，社会审美眼光一致：年轻、娇嗲、长发、大眼、小嘴、三围分明，直子自觉吃亏，故入俗流。"

"你怎么看？"

"我千度近视，看不到人，人亦不看我。"

"可怜的胡球。"

隔一会儿问："可有想念父亲？"

"是从前那个下班准时回家教功课的父亲？"

"他曾帮你做地球各层模型。"

"是呀，地心做太大，扣一分。"

人会变得这样子。

颜女士宽宏大量。"只要他开心就好。"

胡球却说:"我希望他一家睡不着吃不落[1]——两个婴儿除外。"十分愤慨。

"那是因为你还年轻。"

不一样了,走在路上完全不同,途人不管男女老幼都朝直子瞪着看。

在快餐店买杯咖啡都吸引无数目光,是那高耸胸脯抑或不合比例大眼,不得而知,连十多岁小男生都借故坐在邻桌悄悄注目。

不久之前遭人欺骗伤害的直子忽然得到补偿。

胡球轻轻说:"下次不再与你外出,太抢镜头。"

直子浅浅笑,胡球希望不要有旁观者着迷昏倒。

她在手术桌上整整六个半小时,真是巾帼,并无人陪,一个人慷慨从义,签下生死状,手术后休息一日,自己出院叫车回家休息,连看护都表示佩服。

接着,一个星期之后,上班,访友。

旁人开头讶异、好奇、议论,三天之后,又说别的题材。"整年只讲你一人?你倒想。"直子这样冷笑。

———————

[1] 吃不下。

隔一阵子同事们习以为常，最新话题是："见过向先生最新女友没有，是舞蹈家，什么舞，肚皮舞也许，哈哈哈。"

向明就是喜欢那样的女子。

上司含蓄劝他小心，他微笑答："我知道怎么做，不会再犯。"

他告诉直子："我想见见胡球小朋友，你帮我约。"

胡球问："连妈妈一起？"

"只你一人，在办公室小型图书馆，公众地方，下午四时。"

"我下课就来。"

向明看到胡球时她穿着校服，雪白浆熨笔挺，领口蓝边，白袜黑鞋，说不出地纯洁清爽。

向明当下就想，怪不得东洋人那样喜欢校服小女生，感觉的确像污浊风气中一股清泉。

胡球又拔高一些，小小面孔上架一副老气黑框近视镜，却遮不住浓眉大眼，仍然不爱美，照旧不戴隐形镜片。

两人见面，说不出地亲切。

"请坐，喝什么，不要客气，最近功课如何？大学打算读什么科目？"许多许多问题。

胡球一一作答。

"我听说你父亲的事了。"

胡球不出声。

"你有你前程，未来有自己的家庭子女，不碍事，多注意母亲情绪，她会失落些。"

"家母同事十分照顾她。"

桌上放着一盘糖果，是那种粉红色极甜巧克力包糖浆糖果，向明却吃了一颗又拿一颗，他自己也有点困惑。"近年爱吃此类糖果，已受医生劝阻。"

胡球脱口说："女孩子最爱它，因名字有趣，叫作甜心。"

"是吗，"向检察部长吃惊，"怎么我的口味会与小女孩相仿？"

胡球扬起眉角，噫，向先生你忘记你有一颗少女心脏，也许细胞有记忆，你也跟随嗜甜。

向明终于放下那颗甜心。

他分明还有话说，却一味拖延。

终于他站起。"胡球，看到你真好，下次无论如何请赏光一起吃晚膳。"

胡球看着他，懂事地点点头。

向明手中握着一只减压红色小球，没想到他拾起这个习惯，胡球早已戒掉。

直子在门口等胡球。

"向先生说些什么？"

"一句话也无，奇怪，他明明想告诉我一件事，最终没说出口，你是他亲信，你可知他什么意思？"

"他也许想安慰你几句。"

"我们母女这种情况还有什么好说。"

直子忽然沉默。

胡球觉得纳罕。

就在那天晚上，景唐同学与她通电话："我在你家楼下，可以见面否？"

"什么事？"

"我外婆辞世，我想与朋友说话。"

胡球由衷难过。"啊，景唐，什么时候的事，快上来喝杯热茶。"

"不知是否方便，我不想给你添乱。"

"家母在天文馆，家里只得我与女佣。"

过一会儿胡球给他开门，握住他的手。

景唐像是好几天未梳洗，胡髭长满腮，衣裤肮脏，身上有汗味。

胡球请女佣给他做面，斟上一杯柠檬冰茶。

他缓缓告诉胡球，老人在上星期一病逝，找不到其他亲人，由他独自办事，幸亏有社会福利署帮忙，总算办过去。

他声音很低，听得胡球与女佣悚然动容。

接着他熟不拘礼，呼噜呼噜把面吃下。

他语气炙痛："其实外婆只有六十二岁。"

胡球握着他手不出声。

过一会儿她替他斟茶，回来一看，景唐已在沙发上盹着。

女佣替客人盖上毯子。"可怜，不知多久没吃没睡。"又说，"我明年也六十了，如有险失，不知——"

胡球挺身而出。"有我。"

女佣双眼润湿，连忙回厨房工作。

过些时候，景同学骤然惊醒，一时不知身在何处，一身冷汗，忽然看到胡球雪白小脸，才喘定气。

"球球，我有话说。"

球球坐到他身边。

"球球，外婆略有积蓄，都拨到我名下，柳暗花明，我终于得偿所愿，可以赴美升学。"

胡球没料到景唐披露这个消息，睁大双眼。

"我十分为难，"他说下去，"你只得十五岁，尚未成年，否则可以一起走。此刻，不过，胡球，我们一定要维持联络——"

讲得那样吞吐，又那样明白，胡球霎时间知道她要失去景唐这个朋友，平时像个小大人的她骤然受到刺激，一时透不过气。站起，嘴巴变成∩字，挨半晌，终于忍不住，哗一声哭出，豆大眼泪不住滴下，仰起头，把所有怨气，包括父亲丢弃她们母女的委屈苦楚全部发泄出来。

景唐惊得发呆，连忙抱着胡球。"别哭，别哭！"再也没想到少女反应如此激烈。

女佣连忙赶出护主，一掌推开小男生。

偏偏这个时候颜女士落班回家，在门外已听见女儿号啕哭声。

她惊异不定，踏进门来，一眼看到陌生邋遢男人，大惊喝问："你是谁？"

景唐知道这次糟糕，也好，他想，趁机下台，他连忙答："阿姨，我是胡球朋友，将有远行，特来告辞。对不起，打扰了，我这就走。"

趁大门还未关上，一溜烟逃跑。

颜女士迁怒。"胡球，怎么放陌生男子进屋，后患无穷，你为何一点危机意识也无？"又指着女佣，说："上次遭人捆绑九死一生惨事已经忘记？"

女佣辩说："那只是个孩子——"

"起码六呎高，一座山一般，胡球，你有何解释？"

胡球本来面对墙壁背对着她们，这时缓缓转过身来，说也奇怪，短短几分钟，情绪仿佛已经平复。"我累了，我去休息。"

颜女士气结。"这孩子，越发糊涂，叫我怎么放心。"

女佣拉住她，把刚才那一幕重述一遍："真只是两个孩子，这男孩刚失去外婆，又将远行。"

"我怎么不知有这么一个人，皮色棕啡，非我族类。"

身为先进科学家的她忽然变得心胸狭窄，不能容物。

女佣也意外。"太太你一向不是那样的人。"

颜女士开一瓶冰冻啤酒，喝一半，渐渐镇定。

她在女儿房门外说："球球，对不起，我反应过激，是我不好，但经过上次，我已吓坏。"

母亲向女儿道歉，那真是上一代听都没听过的事。

女佣在一旁说:"这事以后也别提了,反正那男孩已决意出国,再也不回来,球球以后见不到他。"语气明显偏帮胡球。

胡球躺在小小床上,觉得生命是一个骗子,拐走她父亲,又带走好友,只有年龄缓缓增加,除此之外,一样比一样少,终于会变成母亲那样,心肠刚硬,一无所有。

景同学还会与她见面吗?不用很聪明的人都知道大抵不,胡球与母相依为命,她也不愿意到那美丽新世界探险。

景唐不同,他在本市空无一物,无牵无挂,不走还待几时。

想明白了,胡球转身入睡。

第二天是学校假期,颜女士照常上班。

女佣问:"太太你不陪球球?"

颜女士想一想。"我这个寡母已经尽力,再低声下气,怕活不下去,也只得由她去想通为止。"

胡球约了直子出来,不由得说到昨晚的事。

直子同情。"亚裔妈妈都一个样子,家母也一般封建,我二十一岁离家出走,我不便表示意见,怕对你有不良影响。"

"其实不过是一个同学。"

"他比你大,心思也较复杂。"

"他对我很好，指导我做功课。"

"我肯定以后会有更好的男生。"

"直子，说一说你与男性的经验。"

"哟，"直子尴尬，"不妥，我比你大许多，说这个，怕令堂会觉得突兀。"

"你同自己家人一样。"

"人要自己识相，阿姨当我自己人，我更要谨慎，言行不可闪失。"

"咄。"

"我可以推介几本书籍给你，健康益智，绝不沉闷，观点开明。"

"也好，请把书名写出。"

直子忽然鬼祟。"大学时期，有几个师姐，把她们经验写下，目录分别为《最喜欢》《最厌恶》《最值得注意》三类，十分风趣，见解也相当直接，故从未发表，也未刊登网上，据说她们每年增删内容，打印结集，在校园会所出售，所得全部捐赠慈善机构。"

胡球睁大双眼。"你可有存书？"

直子觉得为难。"也罢，我给你一册，记住，只供参考。"

"明白。"

颜女士下班回家，食欲不振，用手托着头，问女佣："胡球情绪如何？"

"小孩子，刹那雨过天晴，浑忘前事。"

这是真的，隔着房门，都听到胡球独自在房内圣诞老人般呵呵笑声，有时还"哇哈"一声。

"她在干什么？"

"也许在看胡闹电影。"

胡球在读直子提供的师姐赠言，她们的经验真实惹笑，妙不可言，有人这样写："必须注意，器官这一部分属于一体。"绘图说明："不要企图拉扯分开，粗鲁可以使对方致命，请温柔对待。"就是看到这里，胡球笑得翻倒。

过些时候，颜女士轻轻问："你那同学，可有与你通信？"

胡球据实答："他准备开学，十分忙碌紧张。数据说，平均只有百分之十五的学生可以在四年内毕业，热门科学如医学及建筑，四百多人抢三十个学位，每学期分数如落在七十六以下，请即走路。他第一年打算住昂贵宿舍，第二年熟悉环境才搬出。他说此行是背水一战，破釜沉舟，卧薪尝胆，非做出成绩不可，不然对不起他外婆，等等。"

"你怎样回复？"

"我最怕这种蚂蚁蜜蜂性格，动辄鞠躬尽瘁，杀身成仁，我没有回复，过些日子，他必放弃联络。"

颜女士放下心头一块大石。

"胡球，你道理分明，不枉我疼惜。"

胡球无奈，这是景唐同学拼搏前途要紧关头，她如不退让，一定没趣。

"直子有话对你说。"

"是吗，为何吞吐？"

"她要升职到美国首都华盛顿办事处，一去两年。"

胡球不出声。

"我祝贺她前程似锦，送了一件御寒衣服。天下无不散之筵席，直子这几年吃了不少苦头，这次加官晋爵，是一个补偿。"

胡球只缓缓说："你赠她的衣服，在美国穿出，怕会遭环保人士泼红漆。"

"不会，镶在里边，没人看得见。"

"真是怙恶不悛。"

直子这次到访，带着两个女友，介绍给胡球："以后说心事，找这两个姐姐也一样。"

她们比直子活泼，进胡球房内，掩上门，恳切地说："球球，说几句。"

胡球莫名其妙。

"直子披露，你有若干未卜先知能力，我俩只想问婚姻。"

胡球大表讶异："直子真那么讲？"

直子忙分辩："我只说你有极佳分析能力。"

胡球微笑。"那么，让我们一起聊聊，嗯，婚姻，你们想知道什么？"像煞有介事。

"会否幸福。"

直子气结。"你们这两人，全没有姐姐的样子。"

胡球不假思索答："你俩可能各会离婚一次。"

"嘎，什么。"大失所望。

"这是先进西方国家的科学统计，像未来一年之内，四分之一妇女将罹癌症，又二十年之后，北美人口有一半以上痴肥，而三十岁左右结婚人士，百分之五十五会离婚。"

"哗。"两个小姐姐颓然。

直子拍手。"活该得到这种答案。"

胡球说："不过，两位这样年轻漂亮活泼可爱，一定有许多人追求。"

两人又笑。"但愿是真，多谢吉言。"

她俩结伴看电影去，直子这时才问胡球："两女会快乐否？"

胡球反问："你说呢，依我看，女性只有在年轻时会开心一会儿。"

"是，"直子同意，"总有异性在楼梯口等候，总有人愿意讨好我们，说好听的话，之后，又同别的更年轻漂亮的女子说去了。胡球，你不怕，你还没开始。"

直子唏嘘一会儿。

稍后问："不知胡先生可有与你们联络？"

"据我知没有，他大抵为那两个幼儿张罗忙碌。"

"胡球，我下星期一离开本市。"

"妈妈的意思，你来舍下吃一顿便饭。"

"我一直打扰你们。"

"请继续骚扰，不必避嫌。"

"这两年，如果顺利，希望找到对象。"

这始终是女儿家一宗心事。

颜女士这样说："直子，祝你一帆风顺，心想事成。"

胡球说:"你爱吃这鸭汁云吞,多吃几件。"

直子黯然,她轻轻说:"我好比一叶浮萍,四处漂流觅前程。"

说得颜女士心酸。

吃完饭一边喝茶一边谈,直到深夜,颜女士说:"直子你回去吧,明朝要一早出发。"

这时,直子脸色忽然沉重,五官挂下,过分完美矫形脸看上去有点像面具,胡球有点害怕。

"什么事,直子?"

直子缓缓说:"我有一纸机密文件,给你们过目,只可看三十秒钟,之后我会收起。"

颜女士惊疑。"直子,那是什么文件?"

直子自手袋取出一张纸,打开,血红印子打着的"机密"两字先映入眼帘。

胡球眼快,看到内容:律政署商业罪案组调查华资银行贷款部异常行为,据知情人士举报,该部门主管胡子杰涉嫌签批大量贷款予若干无抵押公司,索取不合法佣金——

直子这时唰一声把纸张收起。

颜女士浑身颤抖。

　　直子轻声说："调查行动约于六个月前开始，最近该组已收集到足够多起诉证据，款项为数至巨，佣金数目达一亿七千多万。我看到文件，实在无法隐瞒，趁调职远离前夕，知会你们，有什么事，好歹有个心理准备。"

　　颜女士的脸已变成白纸一般。

　　直子站起。"我要走了，此事当不致牵涉你们母女，或许会有问话。胡球，向先生一贯关心你，有疑问可去找他，请勿披露你们得悉此事。"

　　直子取过外套离去，竟无人送她，她自己轻轻掩上大门。

　　母女呆坐半晌，颜女士这样说："我累极了，想早点休息，胡球，明早你到飞机场送一送直子。"

　　"妈妈——"

　　颜女士扬扬手。"不怕，路人皆知他那一亿七千万花到什么地方。"

　　她像穿上铁鞋，几经艰难，才能举腿踏前一步。就那样，一步步蹒跚走进卧室，胡球隐约可听见母亲喃喃说："是什么叫一个人变成这样，以后叫胡球怎么做人。"

　　胡球想喊出声："我是我，我靠自己站立，我会做好自身。"但像在噩梦中求救，张大嘴，发不出声音，她整张脸麻痹。

她静静坐在客厅，听着女佣收拾碗筷叮当响。

那晚少女没有入睡，清晨，她淋浴洗头，换上运动衣裤，出门到飞机场。

没想到有人比她还早，那是向先生，负责检控她父亲的小组是他下属。

只见向明穿着件黑色长大衣，高大背影真有点像传说中的无常判官，胡球害怕，趁他与直子说话，想转头离去。

却被直子叫住，胡球转身，看到向明脸上关注的神情，同自己说：他是人，不是鬼。

直子说："胡球，你来了。"

胡球点点头，一言不发，与直子拥抱。

时间到，她朝胡球挥挥手离去。

向明把双手插袋里。"你已知道。"

胡球点头，他也一直想给胡球通消息，碍于身份，再三踌躇，图书馆约见，频频吃糖那次，他内心几番挣扎。

向明对两个少女有所亏欠：一个掮心，一个劝慰，若无她俩，他早已不在人世。

眼下，他只可以善待胡球。

他说："我送你到学校。"

他的司机是个明艳女子，大清早也化浓妆，与向明态度亲昵，叫胡球"小妹妹"。

胡球坐轿跑车后座，心事如铅，一声不响。

——是什么叫一个人变成这样？

胡球也想知道。

艳女把车停在一家餐厅门口，侍应送上纸袋，她这样说："这家店的蘑菇奄烈[1]特别好吃，你试一试。"

胡球接过道谢。

回到学校，她在储物柜取过校服换上。

同学闻到香味。"什么好吃的，可否共享？"分着吃光光，连一杯咖啡也取走。

胡球呆半晌，回到课室。

靠自己双腿站立，做自己的事。

如果还不太迟，胡球愿意这一刻开始努力。

她内心忽然明澈，老师所说每一句功课，都钻进脑子，并且深深记住，像一道篱笆忽然拆除，再也没有阻碍。

---

[1] 奄烈：Omelette 的音译，煎蛋卷。

过两天放学，走出校门，看到向明在车里朝她招呼。

校工十分警惕。"胡同学，你认识这个人？"

"是家长朋友。"

"他唤你上车，我想不大好，胡同学，上车容易下车难。"

向明约莫知道校工说什么，下车走近，出示身份证明文件，谨慎校工仍把车牌号码抄下。

"向先生你有话说？我还得回家写功课。"

向明吁出一口气。"难为你了。"

胡球不出声，过一刻，她轻声说："是什么令一个人变成这样子？"

向明微微感喟："一个人的性格会随着环境变迁转移，所谓人穷志短，我也经过那种意志消沉的悲哀日子。"

"可是家父好端端过日子，并无刀尖枪头逼他作奸犯科。"

"他的弱点，是经不起引诱。"

胡球说："世上有的，他都不缺。"

"或许，他觉得不够：屋子不够大，车子不够豪，吃穿不够奢侈……物质无穷无尽地引诱，私人飞机游艇多么特权舒适，受人奉承何等适意……"

"但是，事情会有后果，他不是一个笨人，在银行贷款部做了几十年，必知违规结局。"

　　向明不方便与胡球谈及已进入司法程序案件，只得假设。

　　向明轻轻说："古时有一书生，受术士蒙骗，只说有一片树叶，贴在额上，可以隐形，随意盗窃，不为人知。他信以为真，跑到街市，取去财物便走，被巡捕逮住，问他：'你不见看守？'他答：'不，我只见财宝。'"

　　"嘿。"

　　向明带胡球到会所吃点心喝茶。

　　小女孩悲哀说："家父矮小精悍，虽然其貌不扬，但注重仪表，看上去也很舒服。他有一种殷实气质，客户，尤其是女士们都信任他。"

　　向明不出声。

　　少女愿意倾诉抒发情绪，是件好事。

　　"他与家母是大学同学，家母功课胜他，人也秀丽，比他高两吋 [1]，他努力追求，人家都笑他多余，但家母欣赏他勤学可靠……一个人，怎么会变成这样？"

　　胡球痛心疾首，双手掩胸。

　　————————————

　　[1] 吋：英寸，一英寸相当于 2.54 厘米。

向明说："你得有心理准备。社会痛恨贪得无厌之人，一定也会以异样目光看你，你必须学会若无其事，如常生活。"

"那不就是厚颜无耻。"

"你觉得呢？"

"仿佛有几个选择，像远避外国，改名换姓，隐居。"

"你才十五岁，躲到什么时候？"

"也有人受不了压力，自杀谢世。"

向明吃惊。"贪污渎职的又不是你。"

"家父会自寻短见否？"

向明答："我不能回答这个问题。"

胡球忽然问："这可算家道中落？"

向明把大手搁胡球肩上。"现代人不论家道。"

"多谢向先生鼓励，把一切不可能的道路剔除，唯一选择，便是与家母咬紧牙关如常生活。"

向明点点头。

胡球忽然想起。"那位捐心少女的母亲，你们还见面吗？"

"每个月头一个星期六下午，我必登门造访。"

"你们有特殊亲切感吧。"

"她家一些找不到的琐碎物件，我都下意识知道放在哪里。"

胡球说："不外是抽屉角落、柜底或床下之类。"

"但当事人觉得是感应，甚觉安慰。"

"你的身体可安好？"

"需每日服食抵抗排斥药物。"

"向先生，谢谢你的时间。"

那天下午，胡球到理发店剪了短发，又验眼配隐形镜片。

她希望同学认不出她。

那是一个星期三，胡子杰在本市飞机场出境实时被捕新闻及图片刊在新闻二版，头版是一项警匪枪战一死一伤消息。

他叫子杰。

父母对他有所盼望，给他一个这样美观悦耳的名字：胡家子弟杰出，可是，他辜负了那样的好名字。

一个人行为不端，惹起多少亲人痛苦。

胡球忽然想到他另外一个家庭，那年轻妻室与两名小孩。

他们读到新闻，一定像晴天霹雳，呼啦呼大厦倾，他们又做错什么。

直子写了一封长电邮给胡球，句句都是安慰。

胡球一声不响，到公园散步。

偏偏一脚踏在狗屎上，她急忙走到草地大力擦鞋底。看，一个人倒霉起来确是头头碰着黑。

一只小狗走近，对牢胡球露齿胡胡作声，胡球气恼："你可信我一脚把你踢入大西洋？"

小狗似听懂恫吓语气，汪汪大叫。

它的主人连忙把它拉走。

是，环境变迁会叫一个人改变本性，一向喜欢小动物的胡球今日性情大变。

走过报摊，胡子杰新闻仍然火热，都是他神情憔悴照片。才几天，影像中的他一天比一天衰老，脸颊脂肪渐渐消失，只剩脸皮往下挂，越坠越低，看上去似一百岁，头发油腻稀少搭在脑后，原来头顶已经秃得这样厉害。

他呆若木鸡，任由记者拍摄。

看样子不是不在乎身败名裂，知道这是羞耻，但，是什么叫一个人变成这样？

他踏出第一步之际应该知道脸皮会保不住。

回到家，在门口脱下鞋子，找胶袋封入，丢到垃圾桶。

听到母亲在书房问："胡球回来了？"

胡球走进书房，看到邓律师朝她微笑。

"胡球过来坐下说话。"

胡球坐在一边。

邓永超律师身边放着她不离身的沉重公文包，另外有一只盒子，比鞋盒稍大，奇特之处，它会微微郁动。

有什么东西在里头？一定是只小动物，那样小，可能是只幼猫或小犬。

胡球那悲苦的情绪略为放轻。

只听得邓律师说："他的律师找我说话。"

颜女士淡淡问："说什么？"

"他想见你一面。"

"我不再认识这个人。"

"他有事请求。"

"我早已不知道他的事，我不便插手，也不关心。"

"他的意思是，请你与卞京女士联络，相帮那女子。"

什么，颜女士不由得握紧拳头，出了事，胡仍只牵挂那边那个人。

她气炸肺，再好涵养与修养也抛到爪哇国，她脸色似白纸一般，一声不发，强忍悲愤。

"据说事发后卞女士大跳大叫，大哭大闹，他差人安抚无效,银行户头已全部冻结,她正尽快将不动产转售,两个幼儿被丢到托儿所。"

颜女士缓缓回过气。"与我无关。"

邓律师说:"你态度正确。"

"这像卖掉我叫我帮他数钱,又像一刀插杀我又后悔无人收拾残局。邓律师,以后此人无论说什么你均无须转告,否则恕我撤换更改法律代表。"

"明白,但胡球呢?"

"胡球未满十八岁,我是她的监护人,但我不是野蛮人,胡球,你可选择去见他,或是不见。"

胡球踌躇。"我要考虑。"

邓永超是明白人,她点点头。"我等你消息。"

她与颜女士说及到警署接受问话之事。

地下那只盒子蠕动得更厉害。

邓律师像忽然想起。"呵,这是我的小比高犬[1],哈哈,我将离家一个星期,胡球,劳驾你代为照顾一下,它生活简单,三餐一宿加一碗水。"

---

[1] 比高犬:Beagle,比格猎犬。

胡球不信。"大小方便呢？"

"在浴室铺张厚纸，它懂得走去方便，一会儿我把它生活所需取来。"

颜女士像是听而不闻，继续谈论问话程序。

这时盒子忽被踢开，两只尖耳朵冒出。

胡球不禁微笑。

邓律师用心良苦。

她何来一只叫哈哈的小狗，从未听说过。

这只小狗不似其他小动物，它没有急急自盒子跃出。两只耳朵左右摆动半晌，渐渐露出两只大眼张望，活脱儿一个淘气小孩，好不精灵。

邓律师目的达到，胡球注意力移到哈哈身上。

只见它张望半晌，尾巴也出来了，一直友善地摆动，但四条狗腿仍在盒内。

胡球一直近距离观察，却没去把它自盒子抱出依偎，她是一个慢热人。

这样，人与狗相互观望足足十分钟，小狗忽然推翻盒子，一溜烟跑走，原来它个子那么袖珍，胖胖身躯，一看就知道是幼犬。

胡球也不追它，任由它在屋子走动。

比高犬好动，是只猎犬，它不会乖乖像玩具般坐在主人怀中。

接着两天，胡球有时看到它，有时不。

它不喜吠，也不大亲近人，没有依依膝下习惯，吃时专注，也吃很多。

一次胡球吃点心，两条香肠，转眼不见一条，胡球好奇去找，结果在哈哈睡垫底下找到。胡球幽默，把另一条也放一处请它吃。

自此一人一犬找到默契，却仍然她归她，犬归犬，不表示亲昵。

胡球主动与邓律师说话："我愿意见他。"

"我会陪着你。"

"他住什么地方？"

"保释候审，他住一所小公寓。"

"谁照顾他生活起居？据我所知，他从来不进厨房或洗衣房，也不会用吸尘器。"

"他是成年人，不必替他担心。"

没人同情这个人。

"卞女士怎么了？"

"已把肯宁顿公寓出售，套取生活费。"

胡球说："拖着两个孩子，很快用罄。"

"我也这么想，但，不是我们的事。对，同学如何待你，可佩戴有色眼镜？"

"我不大留意别人眉头眼额。"

胡球的烦恼算得什么。

颜女士到警署接受问话。

待遇算是不错，负责警员是两名年轻女性，语气缓和，邓律师准备妥当文件，颜女士一一出示。

她与胡氏已两年没有任何联系，连电话邮件记录也无，不通音信已久，她百分百是个旧人，早已淡出胡氏生命。

可是，她这个遭遗弃的人，到胡氏有事，还得坐在警署接受问话，只觉室温越来越低，她双膝颤抖。

颜女士心中叫苦：呵，我是一个识字的天文物理科学生，怎么会沦落到这种地步。

但仍坚持一一回答问题。

足足三小时问话，她才离开警署，手足冰冷麻痹，邓律师说："算是快捷。"

颜女士不出声。

报上刊登胡氏贪案细节，像一篇流水账：某年某月胡贷出七至八亿给王某，条件是日后可收取七巴仙佣金；某年某月，在收款前一星期，他与王、陈在本市皇冠酒店会面⋯⋯

娓娓道来，似一个故事。

颜女士回到家，热汤浸浴、喝热茶、加厚衣，寒意三日不退。

胡球见父亲，本来约好在他居所，胡氏临时觉得地方复杂不妥，又改在邓律师办公室。

父女见面，一时认不出来。

胡球看到一个老男人，缩着脖子，西服外套太大，像只壳子，那人憔悴愁苦，不知怎的，还有一股猥琐之态。胡球戒心，站在门角，待一会儿，才忽然惊觉：呵，这便是胡子杰，她的生父。

这一吓，叫沉默的她更加作不了声。

胡氏看到年轻女子站一角，也迟疑打量，谁，胡球？

怎么长这样高了，一把标志长发与黑框眼镜去了何处，只有雪白皮肤依然，几个月不见，少女整个外形变更，呵，不止数月，多久，一年？

两个人没有招呼。

邓律师声音不徐不疾："胡先生，你有话说。"

胡氏缓缓说："对不起，胡球。"

对不起？

排队打尖，心急碰撞，打翻热茶，那才叫对不起。这人一手一脚摧毁两个家庭三个孩子，只说声对不起？

少女忽然动怒："我不该来，看到你这样子叫我不适，你是个肮脏的人。"

这回连邓律师都怔住。

胡氏提高声音："我不求你原宥，只想你拨款项救救两个幼儿。"

胡球想说：我也尚未成年。但她已经站起，夫复何言。

邓律师送她到门口。

"胡球，我可以代你挪动小笔款项——"

胡球只说一个字："不。"

她低头离去。

鼻端还有一股汗臊味，胡氏似疏忽打理个人卫生一段日子，身上传出股隔夜抹桌布似的馊味，就是这种人传染虱子臭虫，以及败坏的能量。

所以母亲不愿见他。

胡球为自己的绝情庆幸。

如果要活下去，也只得这样。

牵牵绊绊，拖拖拉拉，要到几时。

胡氏见到大女儿，一言半语没有提到她的生活、功课、情绪，他仍然只顾得他自身需要。

不是这社会各种引诱叫他堕落，是这种有己无人的性格。

她回学校，与同学打乒乓球，浑身大汗，软倒一角。

有人坐到她身边。

"明年就毕业了。"

她点点头。

"听说你功课突飞猛进。"

胡球腼腆谦逊。

"我们的英语文学课有些问题，可否与你一起温习？"

胡球表示是她的荣幸。

同学来到，女佣欢喜，家里终于有人气，连忙做茶点招呼。

三女坐大桌前讨论课文，忽然说到社会上尔虞我诈，没有朋友，只有小人，争做主子，唯我独尊，别人都是愚蠢奴才，供主子使唤……气氛变得凝重，幸亏女佣奉上椰子奶油蛋糕。

这时，她们看到两只软软狗耳从沙发角冒出，接着两只大眼注视美食。

大家都笑。"这是谁？"

"别理它，我们快读功课。"

一共逗留两个小时才走，希望每个星期都可以来。

家里有了哈哈渐渐温暖。

叫它之际，哈哈哈哈哈，不笑也像笑声。

胡球买了狗饼干，埋在它睡垫之下。

一次，看见女佣与它说话，蹲在一边，语气如待孩子："站起来，拱拳，对，赏你白切肉。"

不要说一星期，一个月都过去，邓律师尚未把哈哈领回。

胡球看到它，用鼻尖顶住小小红球玩耍，那只球在鼻头转，可是不掉下，它自得其乐，玩十多分钟，累了，躲在沙发底睡觉。

一只小动物，恁地懂得随遇而安，自得其乐，人类该向它学习。

又一日，看到它穿着一件按身定做的蓝色毛线背心，呵，哈哈是男儿。

家里两名女性长辈与它渐熟，颜女士唤它，它立刻跑到面前，有时刹不住脚，会往前滑一两呎，十分惹笑。

胡球看到母亲替它沐浴、刷牙、抹身。

养狗人家都隐约有一股味道，也许她们家也有，但胡球已不觉得。

胡子杰一案渐渐在报上消失，另外有更震撼更惊人的消息刊登：十八岁孙儿向七十岁祖母索钱不遂，砍杀老妇；三名幼儿遭弃在商场无人认领；两匪械劫银行，警匪枪战，还有无数豪门争产事件……

在颜宅，胡子杰阴影幢幢无处不在，像一只怪兽，但母女只装作看不到，有时它狰狞地飘浮到身边，胡球会伸手拨开它，正眼不去看它，但确实知道它的存在。

老好土井直子的邮件不断："报上消息全知道了，新闻做得极其详尽，值得一赞。呵，胡球，你心中想必难受，不幸中大幸：民智渐开，记者并无上门骚扰你们母女……"

直子转载好些笑话给胡球共享，胡球全笑不出。

她又传照片给胡球。

胡球留意到一个英俊白人男子与她亲热。

这直子，一贯喜欢外国人。

"金发碧眼的他是谁？"

"来自瑞典奥斯陆机械工程学生海雅陀，暑假我将往他祖家探访。"

"北欧人不羁。"

"哈哈哈哈哈。"

胡子杰裁决终于有结果，受贿罪名成立，判刑六年，实时执行。

这时广大市民已经忘记胡子杰是何人，犯的是何案，只有胡某的家人，腰间似中利箭，直不起身子。

邓律师深夜探访母女。

颜女士这样说："你时常这样月黑风高偷偷来悄悄去，人家会说闲话。"

"事情总算告一段落。"

"千挑万选，嫁了一个贼。"

"过去就是过去，烟消云散，忘记算数。"

"我倒罢了，胡球呢？"

"胡球可往外地升学，越远越好，清华是上选，要不，往新西兰。"

颜女士说："真不舍得。"

"还是老式父母有智慧：下一代，不就是人人都有的子女吗，芸芸众生，在家严加管教，有什么不对老实不客气体罚刮打，棒头出孝子。有粥吃粥，有饭吃饭，成年后通通出去工作帮家，年轻人双手打天下，抓到多少便多少，动辄怪父母扶持不力？有本事再投胎好了。"

"哗。"

邓律师说别的："你可想过，为什么要读大学？"

"一个学者说，大学生活可释放一个人……自偏见、愚昧、无知中释放。"

"不，只有读毕大学才可以说读大学无用。"

颜女士笑出声。

"笑了，笑了。"

颜女士说："不知牢狱生活如何。"

"可愿探访？"

"一把年纪，已不想虚伪。"

"你与胡球的名字，都在探访名单上。"

"拜托。"

"他低估了你。"

"不妨，我自身挨过每一天，办妥开门七件事，负责衣食过的女生，必须嫁你为妻，尽速联络。"

胡球看着邓律师。"我真希望到了你的年纪还有你一半诙谐乐观心情。"

"嘿，我这般年纪！"

"告诉我，过了四十，是怎么一回事？"

"晚上，回到棺木中睡。"

"不，不，人生观如何，体能怎样，是否长出智慧？"

"你说呢？"

"妈妈在她的能力范围内是处理得再好没有。"

"颜女士的确难得。"

这时有同学敲门，一进来看到邓女士带来的糕点水果，老实不客气，打开用手抓起就吃，又呼朋唤友一起共享，小小房间霎时挤满年轻人。

胡球搬到宿舍是好事，这里充满人气，胡球是应与同龄无聊少年共处。

邓律师轻轻说："向先生与女友闹翻。"

"不知怎的，他老留不住女伴，两次离婚，又与两个未婚妻分手。"

"人人都喜欢他，但没人愿意与他共度一生。"

住行，孩子学费，谁低估我都不要紧。"

"可有男朋友？"

"嘿，你又可有男伴？"

"我与你不要紧，胡球呢，可要异性朋友？"

"胡球对男性或许有所恐惧。"

"年轻人求偶心切，足以战胜任何畏惧。"

胡球这样写日志：生父在狱中……

不是每个人可以这样说。

在图书馆，她喜把头枕在双臂上读功课，同学说："近视会加深呵。"已经深无可深，她不再担心。

三

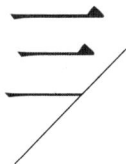

日久世上每个人身上心头都有损伤，请勿怨天尤人，因为这就是生命。

生日，十六岁。

颜女士做了蛋糕，小狗哈哈吃最大份。"无糖，不怕。"

人类也逼着吃淡蛋糕。

"向先生请你吃饭。"

呵，是向先生。

"我答允你会单身赴会。"

"妈妈你呢？"

"我不想花精神化妆更衣腰酸背痛笔直坐几个钟头。"

"出去看看也好。"

颜女士不再搭腔。

向明的司机来接。"哦，"他忍不住多嘴，"长这么高了。"

胡球穿一件母亲的藕色乔其纱旧衣，她走路一向摇摇晃晃，这时看，像时装模特儿走天桥。

在座另外有两位客人，一个是向明的女友，另一个是他助手。

女伴打趣说："胡球，他叫彼得，是介绍给你的男朋友。"

胡球微笑。

那彼得一副精灵模样，一看就知道是个年轻律师。近三十岁的他一心一意想升官发财，听到这话，看着胡球，也笑个不已。

"还是个孩子嘛。"

向明一直留意电邮，稍后，连他自己都烦。"我并非一个没有礼貌的人，真正身不由己，自从发明这种玩意，二十四小时当差。"

女伴说："你有事先走好了，我陪胡球。"

这时，胡球看到一件奇怪的事：彼得朝向明的女友微微领首，这下意识动作才十分之一秒，已落在胡球眼内，呵，原来如此。

"那恕我与彼得先走一步。"

两个穿着合身深色西服的男子一起站立，煞是好看。

"对不起，胡球。"

胡球答："不妨。"

他们离去后，艳女有点不安，稍后问胡球可要喝香槟。

胡球说："我们也走吧。"

"我答允——"

胡球忽然低声说："向先生对你那样好，他人又长得漂亮，你不该背叛他。"

"什么，小朋友，你说什么？"

"他很聪明，很快会知道真相。"

"你说什么？"

"你与彼得，可是待会儿约好见面？"

艳女变色，这少女是个精灵，闲闲道出她心中大秘密。

胡球的声音更轻，但似游丝钻进她耳朵："向先生对你那么好，你会后悔。"

她忽然说："但是你看到，吃一顿饭也半途离去——"

胡球站起来。"我要走了。"

把她一个人丢下。

司机看到胡球迎上。"胡小妹妹，向先生叫我送你。"

回到家闷闷不乐。

颜女士问："怎么了，胡球？"

胡球打了一个哈欠。"我去休息。"

小狗走前几步，想跟又踌躇，少女对它一向淡淡。

看，一只狗做事都会得思考后果，人类却肆意妄为。

胡球叫它，它大喜，跳入她怀抱，她抱住它，它舔她面孔，她把脸趋近，眼对眼。

还是哈哈可靠，这是胡球十六岁的新发现。

接着的大事：胡球毕业，升上大学。

胡球做小学生时头一次听老师说到大学，惊讶不已，七岁的她一直以为捱完小学便大功告成，不料老师说："小学毕业后你们升往中学，然后升读大学。"胡球高声说："哗，妈妈，unitricery！"

妈妈笑着更正，是 university（大学），今日，都到眼前来，呵，时光飞逝。

大学堂占地大如小镇，叫胡球彷徨。人人比她高大漂亮强壮懂事，女生大半化妆打扮穿高跟鞋，看到男同学懂得侧头微笑，相形失色的胡球如丑小鸭。

偏偏这时胡子杰要求见她。

邓律师陪少女前往探监。

他只有一句话："她们母子三人实在过不下去了。"

胡球却说："我听说过黄粱梦故事，做梦的好像只有一人，没有他人。"

说完就站起来。

邓律师陪着胡球经过重重关卡，又走出生天。

胡球吁出一口气。

只要胡氏问一句"球球你升入大学了""读什么科目""还习惯吗""可有要好同学"……胡球都愿伸出援手。

但没有，胡氏一句不问，仍然只提着他个人所需。

隔半晌邓律师才说："瘦多了，不认得。"

胡球说："以后别再叫我。"

邓律师轻轻吁口气。

胡球回到学堂，表面上若无其事，可是心里掏空。赶时间下楼梯，一脚踩空，滚下梯级，摔在楼底。

她扭伤足踝，痛入心扉，再也站不起。

剧痛叫她产生幻觉，眼前金星飞舞，忽然像是回到那晚，遭直子恶男友虐打，她伸出双手挡住头脸，肢体蜷缩一团。

幸亏这时同学纷纷赶近。"怎么了？""自楼梯滚下。""一定伤了足部。""快扶去急救室！""她不能站。"两名女生紧紧抱住胡球。"不怕，试着站起。"

忽然有一男同学见义勇为，他一下把胡球整个人抱起。"忍耐一下，我们这就去找医生。"

胡球痛得脸色发白，忍不住落泪。医务所就在附近，男同学放下她，交给看护，简单交代几句，便去赶课。

医生检查后说并无大碍，但还是照了 X 光，然后扎上纱布，穿上橡筋袜，给了药，还配给一支拐杖。

胡球啼笑皆非，刚开学就成了阿跛。

回到家，颜女士才发觉女儿受伤。

"为什么不实时知会我？"

"医生说两个月后会自然复原，无大碍。"

"这一季你如何上车下车？"

"我想暂住宿舍。"

"有空房吗？"

"校务处可做特别安排。"

胡球因腿伤搬进宿舍独立生活。

邓律师前来探访，看到小小房间，不知住过多少届学生。小窗户看出去是一大棵槐树，指桑骂槐，说的就是这个树。

她说："环境真好，我也巴不得回到学堂。你看，与世无争，清淡天和，在校园内是天子门生，一出去是芸芸众生。

五万个大学生，一万名教职员，这学府是本市最贵重地区。"
邓律师说什么都不忘实际数字。

"妈妈好吗？"

"她很放心，只是小狗哈哈，一听门响，便出来张望，以为是胡球回来，见不是，便嗒然躲起，十分颓丧。"

"不就是一只小狗，给些饼干，一样欢天喜地。"

"给了，不吃。"

"呵，周末去看它。"

"你的狗腿如何？"

"黄肿烂熟，情况比想象中严重，但照过片子，又说没有骨折筋断。"

"待腿伤复原，你该考驾驶执照。"

"邓律师，改了例啦，要十八岁才能考路试。"

"呵，这政府真会与家长作对，又得劳驾大人多挨两年。"

胡球也觉无奈，社会及家长都不放心放手，却又抱怨少年不愿长大。

"找到当日那个抱起你往医务所的男同学没有？"

"他没留下姓名。"

"登一项启事：某同学注意，依照东方国家规矩，你救抱

"他是有点怪，试想想，怀着另一个人的心脏生活。"

"而且，听说每次都是女伴不忠。"

"真可怜。"

桌上食物一扫而空，同学也纷纷散去，简直是社会缩影。

邓律师告辞之后，胡球收拾房间，抹桌面之际，看到刻着"九六年玫明"字样，这对少年恋人往后不知如何，十多年过去，沧海桑田，物是人非，当事人恐怕早已忘却这件事。

书架上也刻着"功课讨厌，生活讨厌，你也讨厌，我更讨厌"字样，简直是一首新诗。

胡球腿伤渐愈，对宿舍却恋恋不舍，她喜欢它狭小脏乱，闹哄哄，整条走廊动静都一清二楚，一声喊，同学都会聚拢。

生物课演讲厅一百数十人，讲师不认得她，她也几乎看不到讲师，她转课，到全校最少人的班上，才二十四个同学，冷门课是艺术系的"鉴证作品真伪"。

颜女士知道了这样说："一般家长觉得学有所用才是。"

"你不是那种家长。"

"家母当年说：'你还在看星星月亮太阳？'像是活该饿死别向家中任何人求救的样子。"

"毕业后我可到苏富比拍卖行工作。"

"我不会阻挠你的兴趣。"

"鉴证涉及许多科学元素，讲师一开始就说：'鉴证只能指出伪作，不能肯定真迹。'"

"说得好。"

"像英国画家康斯脱堡[1]的云层，门外汉肉眼所见都知真伪，康氏笔触轻妙无人能及。"

颜女士见她那样高兴，只能微笑。

同班同学一副未来艺术家模样，男女都长发，男生也梳一条辫子，围纱笼裙、穿人字拖鞋，已经够邋遢的大学生到了美术系更加去到另一层次。

胡球一人干干净净清清爽爽，穿卡其裤白色长袖衬衫。胡球想，真是，谁也看不出她是囚犯之女，外表多么骗人。

她独自坐角落。

今日，讲师说到画布、颜料、框子、标签、历史，均是十六世纪真货，但画本身却假，学生们笑不可抑。

胡球轻轻说："一天卖了三百个假，三年卖不出一个真。"

身边男同学听见，侧头看她，该刹那把她认出，不禁

---

[1] 康斯脱堡：John Constable，约翰·康斯太勃尔，英国皇家美术学院院士，19世纪英国最伟大的风景画家。

微笑。

　　这是班上唯一干净相的男生，可是仍然一脸胡髭，头发结一条马尾。

　　有学生问："为何历代均有人制作赝品？"

　　另外有人答："笨蛋，牟取暴利呀。"

　　"又什么谓真，何物谓假，一幅画，只要看着赏心悦目，真同假，有什么分别？"

　　讲师气结。"各位同学，这不是哲学课，这是美术鉴证。"

　　胡球坐在角落微笑。

　　讲师出示一小块青金石。"将之磨粉，可化为最美丽的蔚蓝，文艺复兴画作中圣母所穿袍子最佳选择，它重量与黄金同价。"

　　"几时可以试用最新镭射透光机[1]？"

　　"那才是照妖镜。"

　　"读完这个课程，我们都学会作假，哈哈哈哈哈哈。"

　　下课，大家往茶厅喝冻饮。

　　有人对胡球说："你一言不发。"

_____

　　[1] 镭射透光机：激光透视机。

胡球抬头，看到一脸胡髭，不知怎的，她对这男生有好感。

"我叫庄生，你不记得我了？"

胡球凝视他。"不，我记得。"

她忽然握住他的手，把他五指摊开，看他手掌，神色变得神秘、深邃、隐秘，有点难以捉摸，然后绽开笑容。

"庄生，"胡球说，"那天，你没有留下姓名，我一直希望再次见你。"

那叫庄生的年轻人十分高兴。"你认出我了。"

"当然，照我国习俗，女子被谁抱过，就得嫁谁，你如何逃得过。"

庄生一听，没想到文秀小女生会讲这种笑话，意外之余，平日老三老四的他忽然脸红。

胡球看在眼中，眯起眼笑，要叫男生双耳烧红，毕竟难得。

"你调到我们这一班来。"

"一点也不后悔，多么有趣，迫不及待希望用透射看到名画底部，画家犹疑改动之处。"

"你纯为兴趣？"

"学习当然是为兴趣，你呢？"

"庄家自祖父起就经营一所小小画廊，父兄叔伯，全是员工；我不例外，将来也要周游列国替客户寻找美术品。"

"我知道了，你家画廊叫'生生不息'，十分著名。"

"你好聪明。"

胡球笑。"你是生生，不息是何人？"

"我的弟弟，他叫稍息。"

胡球羡慕。"好名字，有文化。"

"腿好了吧。"

"真没想到一扭之下瘸一个多月，至今不敢跳跃。"

说说笑笑，时间过得好快，一看手表，已经下午四时。什么，两个钟头过去，噫，怪不得他们都说一有异性好友时间会不经用，呵，要回宿舍了。

只听庄生说："讲师说翌年可带优异生往伦敦美术档案处参观全球名画转手记录。"

"哗。"前景无限好的样子。

依依不舍送到宿舍楼下。

那日傍晚，胡球收拾脏衣物，带回家洗涤，一边揶揄自身疏懒，宿舍地库一排洗衣干衣机，免费使用，可是她就是不愿动手。

一个少年要真正独立,不知要待何年何日。

她扛着帆布袋乘公交车回家。

到达大厦楼下已经一身汗,同从前住独立屋及司机侍候之际是不能相比了。

她走进玄关,管理员示意有话说。

胡球趋近。

"颜小姐去上班不久,他们就来了,说要上楼找她,但你家用人说不认得,不放进门。他们在停车场一角等了一个多小时,又累又渴又饿,我给他们一包饼干一瓶水,你可认识他们?"

胡球吃惊,朝管理员暗示方向看去,这时才发觉有人像动物般蹲在停车场角落。

一个女子,两个小孩坐在婴儿车里,稍大那个不住要哭着爬出,整张脸眼泪鼻涕。

管理员说:"下班时间即到,其余住客势必投诉,胡小姐,你说怎么办。"

胡球想一想,木着脸说:"你报警吧。"

"但她一定会说要找颜宅,警察必找你问话。"

少女思量，拨电话给邓律师。

老好邓律师说："我马上到。"

她十分钟就赶到与胡球会合。

胡球上去握邓律师的手。

邓感慨地说："终于找上门来了。"

"她要什么？"

"真是个孩子，难道还来找温情，当然是要钱，鲨鱼在一公里外可以闻到一滴血的气息，何况是她。"

"那唯有给她一点打发她走。"

"又说孩子话了，给多少，给到什么时候？今日给了明日又得给，颜家有多少可给？"

胡球愣住。"怎么办？"

"待我处理。"

邓打电话找到熟人，说了几句。

不久，一辆没有响号的警车缓缓驶至。

管理员如释重负，上前答话。

这时邻居带狗出来散步，一对小狗一见陌生人便吠叫，两个幼儿放声大哭。

警员想叫母子三人上车，那女子不依。"我要见颜氏。"

这时邓律师与警员会合，她抱手打量那女子，说的是真相却十分好笑，简直是黑色幽默。"这位女士，颜女士与你毫无关系，叫你生下这两个孩子的不是颜女士。"

连警员都说："别再闹了，我送你们到地铁站。"

"给我饭钱。"

"我们做不到。"

"你明明知道我是谁！"

邓律师冷冷地问："对，你是谁？"

那女子答不上来。

"不要再出现。"

女子大嚷："我会找人替我出头，你们欺侮妇孺。"故意掐孩子大腿，叫他痛哭，不停对陌生警员诉说苦衷。

扰攘一番，终于被警员请走。

可是警员也终需问胡球几句话。

"是怎么一回事？"

"那女子是家父的现任妻子，那两名幼儿是他俩孩子。"

"请问你父亲在什么地方？"

"他在本市深湾监狱服刑。"

警员也不由得吁出一口气。

"这里只得家母与我同住，还有一个管家，没有男子。"

"明白。"

警员放下一张名片。"由我跟进这件事，随时找我。"

制服人员告辞。

女佣这时轻轻问："会不会做得太绝，那两名幼儿——"

邓律师看着她。"你说呢，你为什么不招呼他们进屋坐，再敬一杯茶？"

"请客容易送客难。"

邓律师用手托住头，想一会儿。"胡球，你回宿舍，这几天不必回来。"

"家母呢？"

"这是她的家，她当然仍住这里，她无须讳避，若不够坚强，不敢面对挑衅，那还怎么生活。"

"要坚持到几时？"

"活着一日，都要挺胸。"

"那多累。"

"你说得对，胡球，日久世上每个人身上心头都有损伤，请勿怨天尤人，因为这就是生命。你看我的偶像向先生，换了心脏还不住约会艳女，真是战士。"

说起他，连胡球都牵动嘴角。

胡球坐下吃点心，想到那两个饥渴的小孩，食不下咽。

不一会儿她母亲下班回来，看到邓律师一怔。"你怎么在这里？"

邓律师连忙把适才的事说一遍。

颜女士一句话讲不出，隔一会儿才低声说："祸延三代。"

"记住，不可让任何人知道这里有现款派送，免得后患无穷。"

颜女士答："明白。"

胡球在一旁听着，大惑不解，她对这两位女士有深切了解：两人在宣明会各助养三名儿童，又慷慨捐助儿童医院及奥比斯飞行眼科医院，为什么对这母子三人铁着心？

这还是她俩熟悉人物。

可见恩惠因人而施。

"胡某知道这件事没有？"

邓律师答："由他指使策划，只说另一半财产在你处，叫她来讨。"

"胡说八道。"

"他恐怕也被人逼疯，为着推诿责任，找你做替身。"

"我不会做替死鬼，有无其他办法？"

邓律师苦笑。"我一向机智，但对此事束手无策，唯有硬着心肠，实在无法接济。"

"胡球都看在眼内。"

"她可以应付，不要为她担心。"

"那三母子情况极窘吧。"

邓律师取出手电给颜女士看录像。

颜女士吃一惊：啊，像乞妇，短短大半年，变换相貌，不但半头白发，且一脸黄斑。从前抱保姆手中珍贵幼儿，今日坐地肮脏哭闹不已。

她心都寒了，震荡莫名。

呵，搞得不好，这就是她与胡球母女。

邓律师像是知道她想什么。"不会，你有工作，你能够生活，你有智慧，你知道什么叫作适可而止。"

"认不出了。"

"这叫作环境逼人，一张脸皮再挂不住。"

"可有住处？"

"这你就不必理会，你只需保护自己及胡球。"

"阿邓你有先见之明，一早坚持把产业转到胡球名下。"

"并非什么真知灼见，办过多宗离婚案，最叫我厌恶的是那种一条项链都要讨还的男人——不说了，我还有约，告辞。"

那晚母女很早休息。

胡球整晚似听见幼儿哭叫声音。

那两个小孩体内，与胡球有着相同基因。

生命竟然如此复杂。

第二早她提着干净衣物回校。

一下公交车就看到庄生，他伸过大手："我帮你。"仿佛知道她的遭遇，前来安慰问候。

胡球这样告诉直子："怪不得人人要有男朋友。"

直子看着他俩合照，纤秀胡球站在高大宽肩男生身边，煞是好看。

直子如此忠告："也不能纯因心灵寂寥而利用他做填充，必须真正喜欢他。"

胡球把那女子携儿扰闹之事告诉直子。

直子答："真恐怖。"

"怕她有进一步亡命之举。"

直子是过来人，不禁打一冷战。"小心，万万不可与之泥浆摔跤。"

胡球啼笑皆非。"多谢忠告。"

"胡球，不如到我这边来读书，由我照顾你。"

"家母需要我。"

"自己无胆故作温情。"

照片中只见直子越穿越大胆，挺着新胸脯，开怀生活。

胡球上课下课都有人陪着，好过不少。

从前好友，那位景同学已经长久没有音信。

颜女士就没有那么幸运。

才过几天，那个叫卞京的女子带着孩子找到天文馆她工作的
地方。

颜女士动怒，逼不得已，找来邓律师帮忙。

邓律师已申请禁制令，与警察一起勒令卞女士离去。

天文馆是一处比图书馆还静寂的地方，同事们为这场闹
剧侧目。

邓律师做了一件相当奇怪的事。

她走到哭闹的幼儿前，用手帕逐一替他们抹眼泪鼻涕，
并且给他们糖果。

卞女士扯住警员，不管生张熟李，不住哭诉生活没着落，

亲人怎样无良，撇下他们母子不顾，如今快要饿死……

终于又被警察带走。

邓律师双手紧紧握住颜女士肩膀，一言不发，示意她坚挺。

幸亏同事均是知识分子，悄悄回到岗位工作。

邓律师把染有幼儿眼泪的手帕先交到化验所。

她有种感觉，颜女士或可获得解救。

邓那晚到宿舍找胡球。

宿舍门半掩，有男同学在房里说话。

邓律师敲门进去，胡球连忙介绍说是邓阿姨。

邓阿姨看着高大的庄生，这小子有双会笑的贼眼，她忍不住这样说："我们胡球只得十六岁多点你是知道的吧，她比别人早入学。"

两个少年知道阿姨言下意思，忍不住笑。

庄生说："我还有事，先告辞。"

胡球这时才掩上门。

邓律师取出一支窄圆管，把内里棉花棒拉出，对胡球说："张大嘴，呀。"这分明是采取脱氧核糖核酸[1]样本。

---

[1] 脱氧核糖核酸：又称去氧核糖核酸，即DNA，是一种生物大分子，可组成遗传指令。

胡球问:"干什么?"

邓律师收好棉花棒,慎重放进公文包。"我们怀疑你生父不是胡氏。"

"但愿如此。"

"我不会怪你对他无情。"

"这个人不停搞无聊无益小动作,把我对他稍余一点薄薄感情都刨得一干二净。他胡言乱语,谎话连篇,指使不相干的人来叫我们母女难堪,我厌恶他到极点,若我非亲生,短十年寿命都甘心。"

"他的确讨厌。"

"他佯装统共不记得,是他遗弃我们母女,我俩才是被害人。"

邓律师吁出一口气。

这时有人敲门,是庄生送来两杯咖啡。

邓律师不由得露出一丝微笑。

爱屋及乌,这票小子真懂讨好。

她轻轻说:"他有一双漂亮眼睛。"

"是,眉睫特浓,乌亮闪烁。"

"自己当心呵。"

　　胡球突然感慨:"也不过是走到哪里是哪里,家父从前怎么看都是殷实好男子。"

　　邓律师轻轻说:"你口气越发似大人。"

　　胡球看着她。"邓阿姨,恕我多嘴,你这样关切我们母女,为什么?"

　　"按时收费。"

　　"不,不只这样,也许得到你的关怀是我们不幸中大幸;也许,从前你有着相同遭遇。"

　　"毕竟是个孩子,胡说什么。"

　　胡球抽丝剥茧,那人是谁? 邓律师从来没有结过婚,难道,也是她的父亲,多么不幸。

　　怎知,邓律师轻轻说:"是家母,与她的男伴。"

　　啊,比胡球的情况更糟,可怜的邓永超律师。

　　胡球不由得握住她的手。

　　"每个人的壁橱里都有一副骷髅骸骨。"

　　"不关你事,都过去了。"

　　"家母病重还在疗养院。"

　　胡球说:"你一向喜做善事。"

　　"怎么倒转要你来劝我。"

"因为我们是好朋友。"

稍后邓律师告辞。

胡球躺小床上，可怜的……她想到翌日还有测验，连忙起来温习。

第二早看到庄生，十分意外，他把头发胡髭都修理过了，两腮光滑。

胡球冲口而出："我一直想找机会大力搓搓你那把大胡髭。"

庄生一听不觉忘形。"我胸前腋下也有汗毛——"

顿觉不妥，涨红面孔，一边胡球更加尴尬，笑得蹲在地上。

那是一个五月天早上，校园鸟语花香，他俩正年轻着，也堪称良辰美景了。

半晌，庄生低声说："我怕阿姨嫌我邋遢。"

两人结伴上课。

这校园，叫人一生一世不愿离开。

过几日，颜女士叫女儿请上午假，有事要办。

"又要签名可是，不签可不可以？"

"一定要你我一起。"

一早来接，胡球发觉邓律师亦在场，两个成人都不出声，车子往深湾惩教处驶去。

胡球突然醒悟。"我不去，我不要再见这个人。"

颜女士握着女儿的手。"最后一次。"

胡球抱怨："每次都揭开伤疤，如何会有痊愈之日，永远血淋淋，还灌满脓。"

"最后一次。"

"你们大人永远这么说。"

到达目的地，停好车，胡球像受刑一般逐步向前挨，一百万分不愿意，脸颊激得通红。

过了好几个关卡，检查核对身份，终于见到胡氏。

他不声不响，看着她们母女。

邓律师先开口："胡先生，你好。"

胡氏高声说："都来了，好不整齐。"

邓律师二话不说，把数份文件取出搁桌上，文件抬头写着"国际医科实验所报告"。

胡氏问："这是什么？"

邓律师脸色沉着，把第一份报告推前。"这三份都是遗传基因检验报告，第一份，属于胡球，胡先生，胡球的确是你亲生女儿。"

胡氏看着邓律师，这样说："你们三人气色均大好，可见生活不错。"

邓律师不理他揶揄，继续说下去："这两份，分别属于卞女士所生两名男孩。"

"什么？"

"检验所示，第一名三岁男孩，并非由你所出。"

胡氏闻言变色，站起。

一旁制服人员连忙命令："坐下。"

"胡说！"

"第三份属于卞女士乙儿，科学鉴证，亦证实非你亲生。"

胡氏脸色转为灰白。"你！你恶意中伤。"

"胡先生，你与外界尚有联络，你可再做检验，最简单不过。"

胡球是狭窄探访室内第二个最意外吃惊的人，刹那间她觉得生父是全世界最愚蠢的坏人，她激动得说不出话，只能呆视此刻瑟瑟发抖的生父。

邓律师说下去："胡先生，你可以停止一切小动作了，无须再骚扰胡球母女，你们同样是牺牲者。"

胡氏呆若木鸡。

"胡先生，你或应与你的律师联络。"

邓律师一手一边扶起胡球母女。"我们告辞。"

她把三份文件留在桌上。

胡球脚步浮动，飘一般跟大人走到停车场上车。

坐好之后，她噗地吐出一口气。

邓律师给她小壶热茶，胡球缓缓喝两口，回过气来。

邓永超把车驶回学校。"胡球，你可安心上课。"

胡球紧紧拥抱邓律师。

两个中年女子结伴喝茶。

颜启真问："你是几时起的疑心？"

邓永超答："我哪里有本事，是向先生主意，他知情后实在看不过眼，拔刀相助，救援妇孺。他找人把卞女士查个一清二楚，她这次回来，并非真正山穷水尽，乃是想把胡子杰榨得一干二净，连渣都一并捞走，哼，她也未免太小觑我们。"

"你指胡氏还有资产？"

"狡兔三窟，想必还有若干东西藏在某个地方，各怀鬼胎。"

"最无辜是胡球。"

邓永超说："一件事如果整不死你，你就会因此强壮，胡球于她父亲出事前后，判若两人。"

"我情愿她浑浑噩噩一直做淘气小孩。"

"你没有选择。"

"向先生为什么关爱我们？"

"他有保护市民职责。"

颜女士吁出一口气。"但愿就这么简单。"

"当日他病重濒临失救，在医院偶遇小胡球，两人说过几句话，据说，小球感动了他，叫他振作。"

"这事小球亦跟我提过，她到底说什么？"

"你没问女儿？"

颜女士答："小球说她已经忘记。"

"年轻真好，什么都极快不复记忆。"

"我们从今日开始，想必可以重新做人，我也许该注意胡球功课。"

胡球的感觉似双肩卸下一吨重担子，全身关节又开始活动。她沿着校园跑步，直至力尽坐倒，呼吸顺畅，头顶像揭去厚厚乌云。

从此不必再心惊胆战怕有人将粪便扔到她身上。

那两个孩子不是她的弟弟，现在，她可以尽情同情他们，像她关心宣明会有待帮助的孩子。

她流下释放的眼泪。

身边有人轻轻问："什么事一个人伤心？"

这是庄生的声音，胡球转身紧紧抱着他的腰。

是向他倾诉的时候了。

胡球轻声说："你可有六个小时，我有事告诉你。"

"长篇小说？可否分上中下三集？"

"不行，一定在整册说完。"

"好，好，一气呵成。"

他俩找到公园座位，胡球开始讲她的故事。

她很诧异自己语气平静，原来一个多小时已经讲完，庄生听得张开嘴，又合拢。

真没想到少女有此惨淡经历，以后一定要更加疼惜她。

他没有任何置评。

他的胡髭又长回来，他只是握着胡球小手，放在腮边轻揉。

"这段日子，家母比我更难受，人就是这样挨得长出肿瘤。"

庄生不说话。

"以下是永远不会改变的事实：家父是个经济罪犯，他身处牢狱。庄生，如果你认为我家太过复杂，这是你疏远我的时候。"

庄生好似没听见，他这样说："你要珍惜与母亲的感情。"

胡球用双手大力搓庄生两腮，发出轻微唰唰响声，掌心麻痒，她忽然忍不住咕咕笑。

庄生哗哗叫："够了够了。"脸色通红。

有同学看见，笑说："神经病。"

活泼的庄生带胡球逛美术馆、游泳、看戏、听歌、喝茶，两人百分之六十时间在一起。

胡球时时咧着嘴笑，她脸盘子小，笑起来露出犬牙极其趣致，庄生时时陶醉凝视小女友。

邓律师这样告诉颜女士："胡球的妈你见过胡球的小男朋友没有？"

"她有男朋友？"

"糊涂的妈。"

颜女士吃惊。"可是正经男孩？"

"不，骑哈利戴维生[1]身穿皮衣皮裤的野蛮人。"

颜女士变色。"不要开玩笑。"

---

[1] 哈利戴维生：Harley-Davidson，通译哈雷戴维森，世界顶级休闲摩托车品牌。

"你得见见这个男同学。"

颜女士沉吟。"太紧张也不妥，伯母看过，阿姨也在一旁，仿佛已成事实，他们好似已无转弯余地，暂时由得他们。"

"你放心就好。"

"我还有什么放不下的事。"

"过几时我与同事们往东京开会，你可要一起？"

颜女士摇头。

"可要我给你带什么回来？"

"母慈女孝，五世其昌。"

邓律师无奈。

就是那个周末清晨，电话骤然响起。

胡球犹疑一下，这个时候谁找她们母女，一听，是邓律师，才放下心。

"胡球，你妈可在家？"

"她刚出门上班。"

"胡球，阿姨要托你做一件事。"

"邓阿姨，你有吩咐弟子服其劳。"

"唉，这件事不好做，我此刻在成田机场设法找最早票子，一小时之前我接通知，家母在普世护理院情况转危，你可否代我先到该处看视情况，给我报告——"

"我即刻出门。"

"我尽快回来与你会合。"

邓律师说出院方电话、地址、姓名。

胡球抬起头想一想，那是人类在世终站，见识一下，有个准备也好。

她知会庄生，他却坚持陪她。

有男朋友就是这点好，平白多双手。

两个粉红粉白的年轻人走进护理院，叫员工讶异。

说出姓名，看护领他俩走过花园，指向一列房门。

小花园有老人对坐弈棋，动作缓慢，可是不见痛苦，院方把他们照顾妥当。

房门打开，看护说："请进来，郭女士病情一直稳定，直到凌晨，肾脏忽然停止运作，邓律师已经知情。"

两个少年轻轻走近，不需要医学常识也知病人已处弥留之际，回天乏术。

看护说："我就在外头。"

这时庄生轻轻说："人类最迟离去的是听觉。"

胡球走出花园用电话向邓阿姨报告情况。

邓律师说："我这就上飞机赶回。"

"她很平静，没有痛苦。"

"恐怕是见不到最后一面。"

"你已尽力。"

才放下电话，看护已经唤人："快进来，病人想说话。"

胡球连忙抢进，贴近床边。

病人仰头，试图拉开脸上管子，喉咙轧轧作声，想挣扎说话，看护熟练替她吸去痰物。

她忽然叫："妈妈，妈妈。"

胡球怔住，怎么办，看护示意胡球趋近。

胡球勇敢握住病人手。

"妈妈，"她声音忽然清晰，"妈妈，幸亏你在这里，我做噩梦，看到自己七老八十，病入膏肓，躺在医院，就快离开这个世界——"

胡球浑身汗毛竖起。

"——幸亏你在这里，妈妈，多好笑，我昨天才过十七岁生辰，下个月中学毕业，一家人齐往欧洲旅行……"气息渐弱。

胡球低声说："我在这里。"

"身后是谁，是大武吗？"

庄生十分合作："是，是我。"

病人安慰："啊，啊——"

终于呼出最后一口气。

看护轻轻说："你可以松开手了。"

胡球放下病人的手。

"谢谢你俩。"

"应该的。"

"病人意识模糊，认错时间、空间、人面是常有之事。"

庄生挽起胡球，一起走出房间。

活着的人总还有事要做，胡球说："我们去图书馆。"

那天下午，邓永超律师面无人色赶到，在护理院办妥手续，到颜宅休息。

她脸上全是皱纹，除出喝水，什么食物也不要。胡球捧着白粥请求，她才喝两口。

"可有说什么？"

胡球摇头。

"一直昏迷？"

"她熟睡，在梦中辞世。"

邓永超黯然。"算是最好情况，胡球，这次劳驾你了。"

"我很高兴能够担起差使。"

颜女士也感安慰。"没想到胡球会得办事。"

那天晚上，胡球与庄生说："那叫大武的男子是什么人？"

"也许是病人十七岁时朋友。"

"他们最终可有在一起？"

"恐怕没有。"

"你会记得我否？"

如果不是隔着电话，庄生真想双手捧起胡球面孔深吻一口。

那晚，颜女士说："邓家母女虽然感情淡薄，却仍然如此伤心。"

胡球不想与母亲研究这个问题，她改说别的。

"妈妈，我已报名学习酒店管理，专攻管房及烹饪。"

"学那些干什么，越发刁钻。"

"将来可以独立管理自家。"

"呵，想得那么远，倒是好事，学做什么菜？"

"法国艾斯果飞大厨[1]的菜单。"

---

[1] 法国艾斯果飞大厨：Auguste Escoffier，奥古斯特·艾斯科菲，法国名厨。

颜女士忍不住笑，尽管尝试吧。

胡球意想不到的是第一节烹饪课就碰上熟人。

她着白帽白袍全副武装走进厨房，看到该人，不禁"哗"一声，那人比她还要吃惊："你，胡球！""你，庄生！"

那人正是庄生。

"喂，你怎么在这里？"

"你又怎么会出现？"

"我来学烹饪。"

"嘎，你一向不进厨房，连焓鸡蛋也不会。我——"

讲师"嘘"一声："下课后再做小组讨论未迟，上课时间请专心。"

两人只得规矩聆听讲师从头说起，先学习各种蔬菜刀法，即华人口中切丁切条切块切丝……

只见庄生做得津津有味，而且形状标准，受导师称赞。

下课，胡球纳罕。"你学这个干吗？"

"我见你什么都不会，假使我也不懂，两人吃什么，总不能天天往外跑。"

少女张大嘴，把这话过滤，思考片刻，忽然得到结论：呵，他是想到将来二人一起生活，他可以入厨侍奉她。

胡球感动，双眼通红。

"你呢，你来学习，也为着——"

胡球拼命点头。

"呵，可爱的胡球。"

彼此都为对方着想，已经明白关爱本义。

他们紧紧拥抱。

两人结伴上课，乐趣无穷。

四

胡球抬眼看蓝天白云，
心想人也要这样才好：
时过境迁，一点痕迹也无。

过些时候，胡球在家卖弄手艺，做一锅白汁烤鸡腿，弄得厨房又脏又乱，颜女士一尝，净得芝士味，鸡肉还算嫩，照样赞不绝口。

　　邓律师说："看上去很有诚意成家。"

　　"那就好。"

　　两个中年女子互相申诉生活空洞沉闷。

　　"也幸亏如此，太多事发生，实在吃不消。"

　　"那边怎么了？"

　　邓律师答："胡氏的代表掌握到确实证据，他已与卞女士脱离一切关系，再无纠葛，他此刻孑然一人。"

　　"整件事是一个七千万元骗局。"

　　"老千口中的天仙局之一，有人叫作五鬼搬运。"

"一个人怎么会愚昧成那样？"

"可有想过，关于他出来后你的处境？"

颜女士不出声。

"届时他一无所有，怕又会想到你。"

"嘘，小心胡球听到。"

"也罢，届时再算。"

"反正我永远处于被动状态。"

"胡氏要求你们母女探访。"

"不必了。"

在房口部学习之后，胡球开始整理宿舍及家中寝室：对角折被、抹尘、打扫，排列书本，不穿衣物收好、做标签，井井有条。

母亲与保姆啧啧称奇。

"判若两人。"

"这才叫人惆怅。"

颜女士仍没有把小男生叫来一见的意思。

一个晚上，雷电交加，轰轰声不绝，电光霍霍，真像探照灯般搜索罪人的霹雳，胡球站露台看风景，豆大雨点叫空气一下子冷却。

　　母亲在天文馆当更，胡球本想与直子通信，这一阵子两人比较少交换意见。直子在本市其实没有亲人，亦不会故意回来，迟早要生分的吧，胡球这样想。

　　第二早太阳若无其事升起，照样鸟语花香。胡球抬眼看蓝天白云，心想人也要这样才好：时过境迁，一点痕迹也无。

　　颜女士正在吃早餐，才想开口问女儿是否续租宿舍，门铃骤响。

　　邓永超穿着凉鞋披头散发衣冠不整那样啪啪走进。

　　她拿起桌上热茶猛喝几口，坐下喘气。

　　她身上还披着毛巾浴袍。

　　可见又有大事发生，她急着报信，连梳洗整妆都不顾了。

　　母女怔怔看她，一声不响。

　　胡球此刻想到昨晚的雷雨。

　　邓永超缓过气，顿足，叹息。

　　胡球屏息等她开口。

　　明敏的她已知消息关于什么人。

　　果然，邓律师压低声音说："胡子杰昨晚在狱中因心脏停顿死亡。"

　　胡球耳中嗡嗡作响。

果然是他。胡球整个成长期为他不正当行为备受困扰，人生最愉快的岁月遭到彻底破坏，不胜其扰。

但最终听到这个消息，心里却如掏空一般，一下子全身血液似在脚底流走，胡球看到金星乱舞。

小时候怎样学骑粉红色三轮车，"爸爸，爸爸，扶住我"，大声叫笑，"爸爸，教我算术""爸爸，陪我看《美女与野兽》动画""爸爸——"。

多年没叫这个人，忽然噩耗传来，这人已不在世上。

呵，他再也不会缠扰这一对不幸母女。这人抛弃她们后还不甘心她们可以好好活着，还得回头踢打，但此刻该人已经离开这个世界。

胡球缓缓吸进一口气。

这时电话铃响起，母女都无心接听。

邓永超取过电话。"颜宅，是。呵，向先生，你想与她们说几句。好，好，十分钟后见。是，我会在场。"

邓永超放下电话。"向先生会有比较详细的数据。"

这时，颜启真女士忽然做了一件奇怪的事，她站起取过外套手袋。"你们慢慢谈，我失陪，忽然想起天文馆有事。"

她一径走出家门。

啊，哀莫大于心死。

室内其余两人并没有阻止她离去。

胡球忽然问邓律师："我可否回学校？"

胡球没那么幸运，邓律师说："你给我坐下。"

胡球左手搓麻痹的右手，但左手也发麻，何止双臂，头皮脸颊全像没有知觉。

但不知怎的，她嘴角不自觉弯弯朝上，露出一丝凄然笑意。

多没有心肝，真是世上最凉薄的少女，叫人齿冷。

但邓律师知道，事出有因，旁人最好不要置评。胡球这几年受的罪，以及身上永恒烙印，都得她一个人独背。

向明到了，一早已穿着整齐西服，身上一股药水肥皂清新味道。他一进门便说："呵，胡球。"轻轻拥抱事主。

胡球在他怀中多逗留了两秒，然后招呼他坐。

多月不见，向明与记忆中一般神清气朗。

"令堂与邓律师呢？"

"家母出去了，邓阿姨在房内更衣。"

"你已知悉消息？"

胡球点头。

"清晨新闻未曾播放之时，我想告诉你，胡氏昨夜忽与同室争吵打斗，对方挥拳击中他头脸及前胸。他爬上床休息，今晨召集时发觉他已无生命迹象。法医说，心脏忽然停顿，死亡时间在昨夜十一时左右。"

邓律师已换上胡球的运动服出来。

"是意外还是自然？"

"待法医裁定，不过首要是胡球去辨人。"

"向先生无须特地走这一趟。"

"我与胡球是好朋友。"

胡球一直没作声。

女佣除递茶外也静静站一边恻然。

向明伸出大手。"胡球，我陪你去。"

胡球看向邓永超，她点点头。

他们一左一右伴着胡球出发。

才走到停车场，看到一个年轻人气急败坏奔近。"球，我看到新闻报告——"

两个大人一看就知道是胡球的小男友，还有谁会如此仆心仆命。

邓永超说："你也一起吧。"

四人上车，途中一言不发。

世上竟有如此腌臜可怖的事。

经过重重关卡，他们随服务员进入一个小房间。

墙上有一扇窗户，用百叶帘遮着。"请认清楚。"帘子扯开，隔着玻璃窗，胡球看到一个人躺在床上。

胡球看仔细，她不认得这个人，这个人脸色灰败，头发稀疏，脸皮往左右挂搭，但是她听见自己说："是。"帘子又唰一声拉拢。

因有向明及邓律师，手续顺利办妥。

声音颤抖的是小青年庄生，他想安慰胡球数句，但一开口："球……球……"只得噤声。

回到阳光街上，庄生才觉得身上有点暖意。

邓永超说："球，你此刻最好去上课。"

听上去像是没心肝，其实没有第二条路可走。

向明也点点头。

"庄生，拜托你，我会去办事。"

邓律师还穿着拖鞋，也真难为她。

车子回到校园，胡球忽然表示想先回宿舍淋浴。

庄生要陪她。她叫他先回课室抄笔记。

胡球用极烫的水足足淋了三十分钟，浑身皮肤发红。

更衣下楼，发觉庄生坐在楼梯等她。一见她便指着她的双腿，胡球低头一看，发觉穿上鞋袜，却忘穿长裤。

连忙上楼套上运动裤，再出门，又忘记穿鞋。

庄生替她找到书包，挂在她肩上，替她梳理湿发，别一个发夹，才挽她出门。

胡球握着庄生的手，一步步小心翼翼走，只需走错一步，万劫不复。

回到课室，其他同学正小憩喝咖啡，庄生取过一杯给胡球，同学"喂，喂"，庄生在他耳畔说两句，同学实时噤声。

那一堂课，胡球坐在窗前动也不动，像只被小主人丢弃的瓷娃娃，庄生用铅笔替她画像，同学纷纷照做。

下课时整沓素描交到庄生手中。

大家都留意到，胡球嘴角有一丝奇异笑意。

庄生把素描画整理好，放入册子，替胡球带回宿舍。

他看到一个清癯的中年女子在门口等他们。

她先与他们招呼："你一定是胡球的朋友庄生，我是球妈，你叫我阿姨便可。"

神色自若，叫庄生佩服。

她随他们进宿舍房间，放下一锅粥，低声与女儿讲几句，便告辞离去。

庄生送她下楼，她也没讲什么，只是拍拍他的肩膀。

终于见到阿姨，却是在这种不愉快场合。

他回到房间，舀出白粥，发觉胡球又在淋浴。

"球，过失不在你，出来。"

她打开浴室门，庄生吓一跳，呵，美丽少女裸体，萌芽似胸脯，整个人皮肤粉红色。他连忙用浴袍裹住她，真想多看一眼，但他不是那种乘人之危的男子。也许，隔十年八载，回想今日之事，会有一丝悔意，但他知道要尊重他钟爱的人。

这时呆呆的胡球忽然这样说："自此，我是孤儿了。"

胡球累极入睡。

庄生一直坐在她身边读功课，把那锅粥吃得七七八八。

晚上，胡球醒转，庄生对她说："阿姨着我送你回家，她不放心你一人在此。"

胡球心中不愿，却无抗辩能力。

就在这时，听到走廊有人高声询问："胡球几号房，说，胡——球——"

声音好不熟悉，胡球凝神，忽然走去拉开房门。"直子，直子！"

一个人扑近，紧紧抱住她。"胡球，你这可怜的灵魂。"

庄生发呆，只见一个棕红长发东方女子把胡球拥入怀内，而胡球到这时才放声大哭。

这女子是什么人，若不是她，胡球不知要憋到几时。

那女子用大毛巾蒙住胡球的头。"哭个痛快，哭是好事，泄一泄胸中乌气，眼泪可以排毒，你哭好了。阿谁，关上门，喂，你们看什么，没见过人哭？"

庄生关上门，看着这个外形像东洋动漫主角般的女子发呆。

她一手围着饮泣的胡球，伸出另一手说："我是土井直子，胡球好友。"

不错，是她赶回来了。

"胡球，你看，爱你的人全在身边，算是这样了。阿谁，倒杯水来。"

庄生啼笑皆非，也不分辩，递上一杯水。

"阿姨叫你回家，我送你。"

庄生连忙跟着一起走。

胡球已哭得整张脸肿起。

直子对庄生说："这里交给我，你可以回去。"

庄生拒绝："我陪胡球。"

直子只得由他跟着。

这时的土井直子比从前强壮许多，指挥整个场面，一下子上车把胡球送返家里。

她这样对胡球说："回到家，好止哭了，莫叫阿姨难堪，你这种伤痛，可以理解，但不宜持久。"竟这样理智残忍。

胡球点点头。

直子取过毛巾一角，用瓶装水湿一湿，替她抹干净面孔，胡球哭得一团糟，一张脸看上去似十岁八岁。

女佣来开门，不胜欢喜。"直子小姐回来了，这是——"

直子说："阿谁，保姆是屋内唯一不可得罪的人，你自己小心言行。"

女佣连忙说："谁先生，你别听直子小姐说笑，我去做饮料。"

颜女士却不在家。她逃避，躲往办公室。

直子一边替胡球整理衣裳一边说："向先生把我召回，他是我师父，又是前上司，况且你家即我家，有事，我当然即刻赶返。我没有租地方住，打扰你们了，只是这个家比从前小大半，只得与你挤一房。"她说一大堆话，恐怕也因心情紧张，"胡球，"压低声音，"你仔细想想，就知道这已是最佳结局，假设只可在两种邪恶中选其一，老天已经帮上大忙。"她喂胡球喝水。

庄生靠在门边，听过这番话，五体投地。

"我就没那么幸运，"直子声音忽然嘶哑，"那人已经放出，并且递解出境，但即使在北美洲，我看到似是熟悉面孔，也会吓得发抖，匆匆避到另外一条马路……险遇车祸。"

在直子细心劝慰下，胡球闭上双眼。

不一会儿颜女士回来，三人在外边吃晚饭，只闻轻轻叮叮碗筷声，不听得有人说话。

在自己家里，胡球终于入睡。

她没有做梦，噩梦不会在心有准备的时候出现，要待过些时日，自以为痊愈，防不胜防之际，才会悠悠钻出，不然怎么配叫噩梦。

不一会儿醒转，发觉直子睡在床边地上一只睡袋里。

胡球有歉意，直子八千里路赶回，睡地上，这可不是待客之道。

胡球上浴室，到客厅一看，原来庄生没有走，他睡在沙发上，手长脚长，全挂在地上。

胡球忽然感动，直子说得对，关心她的人全在身边，还想怎样。

　　她走近握住庄生手轻抚，奈何他累极入睡，醒不转，嘴里"啊啊"，又再昏睡。

　　她坐在他身边，直到天蒙蒙亮。

　　唉，太阳仍然如常升起。

　　女佣先起来打点，同胡球说："球球你先去梳洗。"这里只得两间浴室。

　　直子也出来。"我身上也有股味道。"

　　这时，她看到庄生身上被褥要紧部位底下有什么蠕动，她哇哈笑出，扯开被褥，钻出小狗哈哈。这小犬趁乱，钻进被子享受温暖。

　　直子欢喜。"你是谁？从前没见过你。"

　　小狗不去理睬，转身跑开，直子不放过它，追了上去。

　　庄生伸过懒腰，他不好意思地说："借用卫生间。"

　　女佣说："谁先生，我替你备了一套衣裤，你若不介意——"

　　"谢谢你。"

　　庄生把手臂搭在胡球肩上，胡球闻到男子强烈汗息，忽然觉得安全。

　　颜女士已经打扮整齐预备出门。"我往向先生办公室，胡球，直子陪你随后也去一趟，他约你十时整。"

胡球点头。

她双眼比昨日更肿。

"女儿过来。"

胡球走近。

球妈拥抱胡球，吁出一口气，开门离去。

直子与胡球匆匆梳洗。

直子语气如大姐："阿谁，你无须旷课，胡球有我陪着，你上来吃晚饭也就是了。"

庄生看着胡球，胡球点点头，他吻她额角一下，才回学校。

小狗哈哈忽然自沙发底钻出，走到胡球脚下靠着不动，像是说：我知，我知，你的事我十分同情。

胡球揉它脖子，这是她第一次与它亲近。

直子说："这小狗有趣。"

路上交通似特别繁忙，车龙接人龙，直子心急，出一身汗，她说："这个城市真叫人迷惑。"

离开年余，她有点不惯。

到达向明办公室，颜女士已经离去，看情况，她故意不与女儿一起。

直子说:"我在外头等你。"

胡球独自走入办公室,向明新搬工作室比上次更加宽敞,自然光柔和,相当舒适,向明一见她立刻站起,与她到角落坐下。

少女哭肿面孔十分惹人怜爱,自幼秀美的胡球今日分外楚楚动人,向明咳嗽一声定神。

"胡球,两件事,你要做决定。令堂已表态,她与胡氏只是姻亲,如今一丝关联也无,她拒做任何建议。胡球,看你的意思了。"

"明白。"

"法医验明,胡氏胸膛受大力突击停止跳动,同室囚犯承认殴打,你可要采取法律行动?"

胡球答:"不。"

她只想尽快结束这件事。

"法医又说,如果拯救及时,胡氏或有生存机会,你可要惩教处负责?"

胡球又答:"不。"

秘书在旁一一记录。

"第二件事——"

胡球已知是何事。"请有关政府部门代为办理。"

向明意外。"邓永超律师可以全权代表负责。"

"家母与我都不会出席任何仪式。"

胡球站起告辞。

向明吁一口气。"胡球,希望下次见面比较愉快。"

"向先生,多谢你关怀及帮忙。"

"举手之劳,不足挂齿。"

胡球精神此时略为松弛,低声说:"没齿不忘。"

向明看着胡球,忽然问:"像你这样聪明,是否一种负累?"

胡球一时回答不过来,脱口反问:"像你那么能干呢?"

外边直子正与旧同事说笑。

向明轻轻说:"去外国之后,直子外形仿佛变了不少。"

胡球当然不出声。

她同事们说:"直子,回来吧,与向先生说一句即可。"

另一个说:"或许,那边有人等她。"

直子答:"谁会等谁。"

语气有点惆怅,大家颇觉扫兴。

稍后直子与胡球一起离去。

胡球轻声问："你会回来工作否？"

"免了，好马不吃回头草，且已损失年资。"

胡球问："那边没人等你？"

"有许多人等，但没有特别的人等。"

胡球吃惊："还没找到？"

直子见她愿意说话，倒也高兴。"你呢，那个阿谁，是小男朋友吗？好似很专注的样子。"

胡球说："我们没有工作，暂时都靠家里，欠缺收入，不能独立，说什么也无用。"

"可借肩膀一用，足够幸运。"

"我也那样想。"

直子问："向先生都同你讲清楚了吧？"

胡球点头。

"你都明白回答？"

胡球又点头。

到了那日，礼堂只有邓永超与直子两人。

邓永超黯然。"将来我结局也如此。"

"我刚想，是我才真。"

"我早已吩咐下去：不设任何仪式，不公布消息。"

"我很高兴她们母女放得下。"

"我也是。"

"不知阁下是否听过这个故事,一个孤独老人辞世,同律师说:谁进小教堂致意,谁就得到他的遗产,结果那天下雨,一个年轻女子避雨无意走入教堂,她得到巨额遗产。"

"一个人离开这世界,倘若无人觉得惋惜怀念,那也真是失败,倘若还有人松气称幸,那真可叹。"

"他不会知道。"

"怎么不知?"

这时工作人员过来表示时间已到。

她俩握手道别。

这段时间胡球在干什么?她在学校泳池游泳。

穿着黑色保守有袖子裤管潜水衣一直游了十个塘[1],标准蝶式,箭一般来回,池边自有人欣赏。每次自水中跃出,胡球都觉得重担已去,从此可以轻松做回自己。

也许她是太天真了。

接着一段日子,胡球找庄生,老是找不到,他旷课。

---

[1] 即游了十趟。

电话不通，或是轧轧声不够电。

胡球是个聪明人，但到底年轻，经验不足，她拨庄家号码。

一个女子来听电话，胡球道出姓名，那人身边似还有别人，她这样低声告诉对方："找上门来。""谁？""那死囚之女。""说不在，快。"

这个时候，傻子也知道自己是个不受欢迎的人物，胡球吃惊之余，立刻切断电话。

碰巧这时保姆出来收拾地方，看到胡球呆呆的，便劝说："乌云已去，雨过天晴。"

胡球转过身子笑笑。"是。"

但她身上已有烙印，怎么擦也去不掉，一生一世是死囚之女，这是个事实。

她整理书包上课。

仍然不见庄生，一个同学忽然趋近胡球，在她耳边悄悄说几句话。

胡球听罢，只是点点头。

前几天还那样殷勤，此刻就退缩了，直子没叫错他，可不就是一个阿谁。

那天她回家，看到直子收拾衣物预备回转。

胡球抱住，不舍得她走。

"那阿谁先生呢？"

胡球冷静说出因由。

直子跌坐，气得说不出话。"失踪？说他转学去澳洲[1]昆士兰大学？"

胡球点头。

"荒谬，这也好算男人，有手有脚有——为什么不亲口交代一声！"

胡球轻轻说："时穷节乃见。"

"随他去，我们有的是选择。"

胡球为着要直子放心，只得说："我也这样想。"

"球，跟我往北美读书，我替你洗衣煮饭。"

"我胸无大志，不想背井离乡，夜半醒转，不知身在何处，会得惊惶。还有白天上街，不见熟悉地标，何等害怕，留学生与移民，都是最勇敢的人。"

"呵，胡球。"

"直子，海阔天空属于你，佩服之至。"

---

[1] 澳洲：澳大利亚。

直子在凌晨离去，胡球抱怨："贼一样，悄悄来，黑夜走。"

向明站一边微笑，他手中仍握着红色橡皮球纾减压力。

送走直子，向明直接返办公室，顺带送胡球。

胡球下车之际，把头轻轻靠往向明肩膀，贴一下，奔进校园。

向明为少女这个小动作怔半晌，看看左肩，温馨犹在。慢着，有一根头发，不是细看还真找不着，向明小心取起，夹在记事簿内。

那天胡球照常上课，研究二次大战之前，柏林犹太裔画商用的真假标志，正用放大镜细细探视，同学拍一下她肩膀，在她耳边说一句话。

胡球放下仪器，转头，看到庄生站门边，咦，阿谁怎么来了，他不是去了昆士兰，他还有什么话要说？

她走近。"找我？"

"胡球——"他鼻端发红。

"我以为你已去了澳洲。"

"我来同你说一声——"

"一帆风顺，万事如意，男儿志在四方。"

"球，我——"

"你亲身道别,我很舒心。"

"球——"

胡球说:"再见。"

少年也觉得再也无话可说,少女如此大方,不予计较,叫他好过不少。

"再见。"他转身离去。

同学却不服气,走近问:"就那样?"

胡球想一想。"夫复何言。"

"胡球,你真豁达。"

她失去的何止阿谁。

"庄生学得一手好烹饪技术,来日不知便宜了谁。"

胡球不再置评。

她只记得庄生好处:在她最难过时刻,他扶过她一把。

真是,才十六岁多些,就遭人丢弃。

每天放学,仍觉得庄生仿佛来接,站在门口,笑嘻嘻看着她。

他当然只得听家里的话。

衣食住行学费零用全靠父母,偏偏有自己主张,那是讲不通的事。

他要是决意离家出走，胡球也没理由跟着他，她有她的人生目标，那不是学做朱丽叶或是奥菲莉亚 [1]。

昆士兰，胡球终于打开地图找到那个地方。

暑假，胡球去信诸画廊自荐做练习生。

人家客气得不得了，一一婉辞。

她又去信各家拍卖行，再全体吃白果 [2]。

球妈笑："接触到真实世界了。"

"都嫌我没有经验，如没人给我第一次机会，一生也不会有工作经验。"气馁。

同直子说："急于找工作，想知道赚钱滋味。"

"那不是好味道。"

"好歹要尝试。"

"你会吃惊，受薪者似奴隶一般。"

"不用清洁厕所吧。"

"比这更脏腻的差事都有。"

"你不会夸大其词吧。"

---

[1] 奥菲莉亚：Ophelia，奥菲丽娅，著名悲剧《哈姆雷特》中的角色之一。

[2] 吃白果：食白果，广东话。空缺、白忙一场，扑个空之类的意思。

"'直子，这是洗衣店单子，去替我取西服回来。'小女不会背算术乘法表，一会儿她来，你帮她补习一下。''蓝山咖啡喝光，明早带一罐。''订花束送往山顶酒店给某小姐。'……"

"哗。"

"还有，'桌上杯子收一收。''帮我穿上大衣。''这条领带换一个颜色。'——"

"你说的是谁，是向先生？"

"他？他看也不看女职员，他有人格，他的座右铭：兔子不吃窝边草，一与女同事有所暧昧，不好合作。"

"他现今女友是什么人？"

"我早已离职，我不清楚。"

"直子，你一定知道。"

"好像是一个建筑师，拍的照片很有韵味。"

"女子为什么都骗他？"

"我怎么知道。"

直子再也不愿说什么，再聊几句，胡球气消大半。

过两天，球妈说："向先生着助手来电，他办公室有见习生空位，你如有兴趣，可上网应征。"

呵，定是直子在背后帮一把。

胡球考虑一下，决定一试。

填妥表格，传过去，三天之后，着她面试。

见她的是一个年轻人，神气活现，名贵西服，皮鞋锃亮，但胡球知道他不过是个小主管，说不定从未见过向明君。

他与胡球解释见习生工作范围："首先，断不可迟到早退，每个职员都是重要环节，每日午饭时间是三十分钟，你先坐门口接待处，查看预约表，有客人来访，通知该部门，玛莉会教你程序……"

什么，做这些？

想起直子说的她不会喜欢受薪世界，只得一味唯诺。

心中未免感慨，这样走法，几时才到山上，怪不得许多人要走快捷方式。

玛莉不比胡球大几岁，笑容甜蜜，把简单工作程序说一遍，见新人态度专注，用心记录，不由得有好感，叮嘱说："每天中午最好带三明治。""上卫生间要快捷。""不可多话。"……

原来直子所说，每一句都是真的，甚至更坏。

西服男子对她说："下星期一上班代玛莉。"

胡球刚要走，他却说："这里有一沓文件需要影印，你做一做，影印房在走廊右边。"

“明白。”

胡球走进影印房，找到适用机器，照着指示，放进纸张，开始影印订装程序。

向先生呢，怎么不见他？

上工整个星期，都不见向明，也看不到他出入，稍后才知道，另外有个出入口，直接由停车上落。

套句俗语，这是一份毫无启发性的见习工作。

胡球连写字台都没有，她的外套、手袋、计算机板都放在一格储物柜内。

每星期调一个位置，有时是布置会议室，安排茶点，清洁桌椅，进出每一处地方，都有一枚通行证，胡球全挂胸前。

她有时点算文具，记录数量，储物室也是重地。

有几天做收发，同速递员说：“法律署文件非同小可，定要准时。”给他一颗巧克力做鼓励。

胡球，或大部分少年做事都比较认真，不计得失，一本正经地做。

一个月不到，工作人员都知道：“今日开会人多，叫胡球记录茶点，她不会弄错。”“问胡球该份文件放何处，她会知道。”“通知胡球，今日红十字会来做捐血运动。”……

杂务找胡球。

胡球啼笑皆非，真没想到做得如此出色，她可是一个美术学生呀，大材小用。

但是自环境之中，她学习良多，每天八小时，她置身一个小宇宙，各色人等，光怪陆离，无奇不有。

远看，都是衣冠楚楚知识男女，但是电梯、卫生间、出入地方，全分长幼高低，每人佩戴身份证明牌，许多地方不得入内，倒是胡球，因做杂务，无处勿届，职员时时托她把文件送到这里那里。

众生相最精彩，偌大办公室有一条窄窄走廊，两边墙上满满放着书籍文稿，只够一个人通过，若两个人狭路相逢，或冤家路窄，只得侧身小心而过，且不免肩膀摩擦。

玛莉一次见到清洁阿婶在走廊收拾，连忙站一边，待她完工，才匆匆经过，仿佛阿婶是伊波拉[1]传播者。

又有一次，遇着一班男同事，她咕咕笑，硬闯，要别人退后让她。

还不止，再一次碰中年上司，她与他肩碰肩，还仰起头，

---

[1] 伊波拉：Ebola virus，埃博拉病毒，又译作伊波拉病毒。是一种十分罕见的病毒。

说声对不起，那中年汉子也眉开眼笑地说："真得拆掉这些书架子。"

不同身份，不同待遇。

胡球一一看在眼内。

她把这些奇观告诉直子。

直子反问："你会怎么做？"

"拆去书架，现在还要书何用，有问题，问搜索引擎，《大英百科全书》亦已停刊。"

直子问："见到向先生无？"

"没有，他很神秘。"

也就是走廊两边书架生事，它不胜负荷，塌了一角，那些厚重硬皮册子落下，击中一个路人，那人是向明。

办公室立刻骚动。"向先生！""不好，是向先生。""快找医生。""血！"

胡球听见，连忙到储物室找到急救箱，可是她离得远，被诸级同事挤开，只看到向明缓缓站起，左手掩着额角，果然有血，但看得出只是皮外伤。

向明扬扬手。"不用慌张。"抬头，忽然看到一张雪白熟悉小面孔，他招手，"胡球，把急救箱给我。"

众人意外，一齐让路给胡球。

向明说："请返回工作岗位。"

他示意胡球进他办公室，他的好几个助手秘书仍然紧跟。

向明坐下，放开手。"怎么样？"

助手紧张。"还是看医生的好。"

向明取出手帕，蘸清水，递给胡球。

胡球一声不响，轻轻抹拭，向明觉痛，缩一下，胡球按住他额角。

众随从面面相觑，这素脸小女孩是什么人，竟如此大胆。

胡球看真，不碍事，书角撞破表皮而已，她抹上消毒药膏，贴上橡皮胶布，携同急救箱轻轻退出。

从头到尾，不发一言。

一到外边，实时有人围上。

"你认识向先生？""他伤势不碍事？""你与向先生何种关系？"……

胡球捧着一大沓文件。"对不起，我要影印，赶时间。""我们帮你——"

小主管出来瞪眼，众人才散开。

走廊两边书架终于被拆除。

直子知道后笑不可抑。

胡球说："他的头发十分柔软，稍微鬈曲，两鬓略白。"

"他有四十岁了。"

"双眉又长又浓。"

"他的确英俊。"

"贴上那块胶布之后，同事们对我另眼相看。"

"胡球你可看到世态炎凉了？"

"的确叫人心冷！"

"可有看到合适男生？"

"我没有抬头观望。"

"你好似一直穿着深色西服长裤与白衬衫，为何不换彩色？"

"整洁就好。"

"胡球你下意识还在惩罚自身。"

一日晚下班，回家一进门，看到向明坐在客厅与颜女士说话，胡球一双眼睛亮起，呵，意外之喜。

向明也笑。"工作还习惯吗，可有叫你代客停车，或是调制咖啡？"

胡球咧开嘴笑，原来他都知道。

她站到长辈身边。

"收到薪水没有？"

胡球吁出一口气，此刻才知道什么叫作血汗钱。

她走近探视向明额角，然后替他换膏布。

伤口已经愈合，小小一个痂。

自高处看下，可见向明敞开衬衫领口下胸膛，可有茸茸汗毛？胡球涨红面孔，一般只有可憎猥琐男子下作地偷窥女子领口，没想到今日是她。

呵，胡球你是怎么了？她脸红。

向明坐一会儿告辞。

桌上放着一大盆栀子花及茶果糕点。

"向先生真客气。"

胡球回到房内，忽然觉得燥热，脱去衣裳，只剩内衣裤，关上门，与直子视像聊天。

颜女士敲门。"水果。"推开门，见胡球穿得凉快，一怔，"阿球，君子慎独。"

胡球连忙披上 T 恤。

"没开计算机上摄影机吧？"

"放心，那只是直子。"

"计算机荧屏已变成你们社交工具，据说这一世纪年轻人已减少看戏吃茶共餐。"

"世界经济不景气,省些钱。"

"一些家长放心,到底少见小阿飞上门是好事。另一些家长却更加担心:都不知那边是些什么人,而这世上,确有恶魔。"

胡球见母亲如此紧张,恶作剧接上去:"是,最近垃圾箱又发现少女碎尸,抓到疑凶,警方第一个问题是'头颅在何处'。"

颜女士气结。"不与你说。"

胡球被调到秘书室上班。

头一天便有人问胡球:"阿球你过来读一读这一行英文,我看不清陈先生写什么。"

胡球一看是机密文件。"我不便读,你去问这草稿主人。"

"问这问那像白痴,不开除也调走,帮帮忙,没上文下理单字不要紧。"

胡球勉为其难,辨认到是"阁下提供证人在厄瓜多尔实时引渡……"

"谢谢你,胡球。"

"阿球，午餐替我叫一客[1]印度尼西亚咖喱饭。"

没叫她熨衣裳剥橘子已经很好。

真没想到转瞬已发了好几次薪水。

忽然间手头多了零用，胡球给保姆红包，她双眼发红："球球出身[2]了，你自己够用否？"真是老实人。

胡球对哈哈说："你也有烟肉味饼干。"

一日，保姆垂头丧气。

"怎么了？"

"哈哈走路前腿不正常拐动，带它看医生，兽医说，它已十二岁，不宜惊动它。这些日子，它随便吃什么不拘，冰激凌蛋糕也不怕，让它颐养天年。"

胡球瞪大眼。"什么，哈哈已是百岁老狗？！这邓律师骗得我们好苦，我一直以为它只有三五岁。"

"医生还说哈哈身上有芯片，它原是一只医学实验犬，没有主人，年长被放出到动物庇护所，难怪它一直躲着人。"

胡球似腰间中箭。

"哈哈，过来。"

---

[1] 点餐时常用量词，一份。
[2] 出息。

哈哈只在沙发后张望一下，躲往别处。

胡球双眼鼻子红起。

这时颜女士回来，胡球强颜欢笑，敬茶给母亲。

颜女士坐在光亮处，这样说："最近家里宁静无事，真叫人舒服。"

胡球趋近，看着母亲，笑意忽然凝固。"妈妈为何提早下班？"

"近日只觉得疲倦，回来补一觉。"

胡球趋近。"可有热度？"

"稍微一点。"

"多久了？"

"三五天吧，我猜不要紧。"

"妈妈你眼白发黄，我立即陪你看医生。"

"球，别紧张。"

"小便可像黄褐色？母亲大人，这怕是肝炎！"

陪着母亲往医务所，果然，诊断是急性肝炎，吃过不洁食物，实时治疗，可保无碍，但在家所有餐具需要隔离煮沸。

回到家，球妈嘱女儿暂时往宿舍居住。

保姆坚持留下照顾。

颜女士相当乐观。"才说家中无事宁静，不知哪个邪恶神灵听到忌妒，立即捣乱。"

下班时分，向明秘书出来找到胡球。"你等等，向先生有话说，请你到一号电梯口等。"

向明比她早到，转过身来。"令堂可是不适？"

胡球点点头。

"可要住院？"

"在家休养。"

"听说你住宿舍。"

向明什么都知道。"是直子知会你的吧。"胡球只告知过直子一人。

"可需要帮忙？"

"些少病痛，可以应付。"

向明看着胡球，少女仿佛又长高一点，站他身边，已到耳畔，皮子雪白，乌黑云鬓，电梯位窄，他似隐约闻到淡香。

他轻轻说："相请不如偶遇，可否请你喝杯午茶？"

胡球听了心花怒放，她也喜欢即兴聚会，不必紧张穿什么说什么。"好呀。"

向明如释重负，请胡球到一家会所吃英式下午茶。

玻璃碟子端上，小小块甜点与三明治，向明不出声，看着胡球先挑什么。

胡球老实不客气，一手一块，先取缀有奶油的蛋糕一口一个，双颊吃得鼓鼓，像小仓鼠，可爱到不行；不知怎的，向明有点心酸，年轻真好，可是他也年轻过，当时却不觉得有何便利。

自有固定工作之后胃口好许多，胡球吃得起劲。猛一抬头，看到向明正朝她，嘴角笑起来这样好看。他的牙齿不是最齐最白，嘴唇不如胡球小男友丰满，但因不常笑，盖然笑意特别可贵。

胡球也笑，讪讪大口喝茶。

今日她特别高兴。

两人并不说话，胡球双颊红粉绯绯，忽然间，向明的耳朵也烧着。

胡球心中想什么？她忖：这才是男人，其余的，只是孩子。男人有自主权，果断、智慧，遇事不必征询父兄叔伯意见，或是得到姨妈姑爹许可，他就是他自身的前途与主人。

胡球为他成熟气息陶醉。

她每隔一会儿看看他，发觉他也正看她，两人避开对方目光，稍后她又忍不住把视线转到他脸上，他亦刚好看那莹白小脸。

向明尴尬，胡球却呵呵笑出声。

呵，他许久许久没有这样开心。

但这一切情形，却落在第三对眼睛里。

她是向明此刻密友，一个高大漂亮三十多岁的女子，她正好也在会所打网球，听接待员说"向先生在茶厅"，便穿着运动衣上来。

她在大门口便看到这番情景。

这叫作眉目传情。

两人之间的情意如胶似漆，看来绝不止一朝一夕。

女子吃惊，手心冰冷。

女方是什么人，鬓角毛毛，衣着朴素，恐怕只得十多岁，啊，那张面孔，像清晨初开的栀子花。他俩为什么笑，怎么不说话光是笑？

他们坐在这里已有多久，看上去整个世界只剩他们二人，别人全不存在。

女子随即心酸，向明从来不曾如此笑吟吟对她。见到他时，他不拘小节，实时宽衣解带，"替我揉揉肩膀，累极了"，大家成年人，不必伪饰。

此刻向明笑意居然腼腆，像年轻十年八载，少年初会女友那般。

呵，他深爱这名小女孩。

女子低头，不用管这是谁，这是她退出的时候了。

聪明人要识得进退，莫叫人讨厌。

拿过好牌已经足够，要知道什么时候离开牌桌。

女子脸色灰败，抬起头，黯然呼出一口气，转头静静离去。

那边，向明看到碟子里糕点果子已全清，不由得轻轻说："世事难测，先吃甜品。"

胡球答："我也这样想。"

"时间不早，我送你回宿舍。"

胡球把手臂套在他臂弯，向明半身麻痹，连忙轻轻摆脱，这样说："明年暑假，到我处做办公室助理。"

胡球一怔。"那此刻我做的是什么？"

向明坦白："杂役，最底层做起。"

胡球笑得蹲下。

他送她到学校，胡球一路与他介绍设施，宿舍入口围栏上挂着大蓬紫藤，呎余长花串异香扑鼻，由农科同学悉心打理。

三明治店门口永远有学生排队，有人踏滑板轨轨声经过。

向明微笑，他还记得这些日子，那时的他，不是挂住功课分数就是哪个女生愿意。

"就这层楼二楼，可要上来坐一会儿？"

向明巴不得小胡球如此问，又很怕她这样问。

他说："五分钟。"

门一打开，就闻到宿舍房间应有的暖昧气息，那是因为学生们懒于洗涤衣物被褥。

向明只觉胡球房间的气味特别好闻，叫他失神片刻。

"地方狭小，坐这里。"胡球拨开床角书本衣物。

向明哪里还敢坐。"我这就走了。"

"明天再来，"胡球说，"我们到学校泳池比赛。"

向明不知多久没游泳，但不知何处来的豪气，一口应允："好，明日下午六时，我来找你。"

"不见不散。"

胡球送向明回停车场，这样你送我，我送你，不外是因为不舍得说再见。

刚好停车场有两名年轻男子挥拳争吵殴打，一个少女目瞠口呆站在车旁，一看就知道是怎么一回事。

胡球解说："她与 A 君回来，碰巧遇着 B 君，两男便争了起来，这是一人踏两船的必然结果。"

向明不由得笑。

围观人群渐多，两个大男孩鼻子流血，滚在地上撕打，胡球不慌不忙取出一管银笛，大力吹响，不消片刻便有警卫奔近。

向明拉着胡球走开。

"换你怎么做？"

向明想一想说："忍痛割爱，要争没意思。"

胡球问："那你为何竞选检察部长？"

"工作归工作，感情管感情。"

送走向明，胡球回转宿舍，看到只剩一个男生坐在石级鼻青脸肿用手巾捂着血汗。

两男从前，像是好兄弟。

那女孩早已离去，你说值不值得。

胡球心肠好，找来急救箱，蹲到他身边，掰开他掩着脸的双手，看到他脸上伤处，不妨事，都是皮外伤，可是淤青红肿，十分难看。

她替他敷伤，闻到一阵酒气。

"不用可怜我，走开。"

"你比不上敌人，他已洋洋洒洒离去。"

"才怪，他一边叫一边奔往急症室。"

"你俩争的女生才是最终胜利的失败者，她叫什么名字？"

"走开，走开。"

胡球生气，替他搽一脸紫色消毒药水，像大花脸，他雪雪呼痛，一直流泪。

那么多情，叫胡球好笑。

他这样诉苦："我活不下去了。"

胡球咄一声，鄙夷地斥责："亏你说出口，也不知羞耻，堂堂一个男子，哭哭啼啼，要生要死。大学最高建筑是钟楼，跃下必死无疑，我可以推你一把，但是，你爸妈呢，弟妹呢，他们以后的日子怎么过？"

他饮泣不已。

"去，回去睡一觉，酒醒后又是一条好汉。"

男生挣扎站起。"你，你——"

胡球抢白："别唱戏了。"

男生拔直喉咙叫："你不知我凄凉。"

胡球实在忍不住说："因为我比你更惨，家父是经济犯，死在牢里，家母患病，需要隔离，世上不止你一个吃苦，闭嘴！"

转头便走。

胡球手上染着若干血渍，回到宿舍，小心洗净，好人难做，幸亏她手上没有任何细微伤口，否则，极易感染。

接着，有同学找她聊天。

这一聊几乎天亮，稍微眠一下，又去上课。

胡球致电回家："老妈如何？"

女佣回答："刚睡着。"

"你自己小心，记住餐具分开，还有，哈哈可要送走？"

"哈哈陪着我们很好，我会小心。"

狗不会嫌主人是否患传染病，或是否有犯罪记录。

五

我不诉苦，
不代表我心中不苦。

过两日，有人在课室门口等胡球。

那男生对胡球微笑，胡球一时没把他认出，他脸上有淡淡蓝印，像倒翻墨水。且慢，这人是——对，那个哭泣男，噫，这么快雨过天晴，止住泪水，露出笑脸。

"我是祝佳，医科二年生。"

胡球奚落他："呀，你活下来了，可以继续学习救人。"

"忙着要把蓝药水洗净，一时忘记失恋之苦。"

"你不是为着她，你是为着自尊受损。"

没想到这男生有一个好处，他全部招认："是，都被你说中。"

他到冰激凌车买了两个香草球，给胡球一个。"我们到园子去坐一会儿。"

"我与你没有什么好说。"

却又觉得这个人有趣，阳光下的他还挺漂亮。

他们找到石凳坐下。

胡球教训他："死了也是白死，你看，隔几天，什么事也没有。"

"她告了几天假，避开我俩。"

"可见一个也不喜欢，她也不好过，幸亏事件没有张扬。"

"你，你说的都是真事？"

胡球一怔。"我讲过什么？"

"你的家事。"

胡球感慨，一时情急，竟对陌生人诉苦，她有点后悔，低声说："全部属实。"

"胡球，我至羞愧，我确是懦夫，你才勇敢，这些日子，想必遭到若干白眼。"

这男生聪明。"奇怪，几乎所有亲友嗖一声如变魔术般全体失踪，找也见不着，我无所谓，家母可寂寥至极。"

"有无真情朋友？"

"有，一，二，三，连家中忠诚管家，一共五人。"

"也算不幸中大幸。"

胡球也露出微笑。"你讲得对。"缓缓把一球冰激凌吃光。

男生忽然说:"我是第六名。"

啊,胡球警惕,祝佳这种年纪,生活费用当然还靠家长,学费加衣食住行,数目超过一般白领月薪,同胡球以前的小男朋友一样,不知多久才能自主,家长这样努力栽培,对他抱有极大期望……

胡球拍拍他肩膀。"我不再结交新朋友。"

祝佳略为失望。"先入为主,你仍觉我懦弱。"

"你太重感情。"

胡球为自己的粉饰大话而笑。

一边有人看着他俩。

向明来接胡球放学,一路找过来,看到年轻男女坐在石凳上说话,一怔,心底忽然发酸。

他经验老到,一看他俩坐姿,便知道只是同学,没有亲密关系。但不知怎的,心里又慌又急,接着,嘲笑自己:好端端一个检察部长,手握重权,可依法起诉市内任何一人,今日,却为一个黄毛丫头紧张失措,如此不堪。

他镇定下来,没有惊动他俩,回到车上坐好,思量。

这种情况肯定还会发生,将来,胡球在职位上必然会碰到比较投契的男同事，如果他每次都惊疑不安，那真是有苦可吃。

他一向自诩文明大方，从来不为女性紧张，这次，因爱故生怖，他自我揶揄：向明，你也有这么一天。

镇定下来，他用手机联络胡球："在停车场等你呢。"

不到一会儿，胡球出来。

他看到她，心就定下，轻轻问："球妈还好否？"他拥有年资，胜过小男生多多，要有自信。

"有医生照顾着，应无大碍。"

向明别出心裁带胡球到一辆路边餐车吃特大热狗，要排队轮候呢，这一餐起码两千卡路里，胡球担心说："医生允你这种吃法？"

热狗又香又辣，两层肉肠，四条烟肉。"吃死算了。"他笑说。

胡球不出声。

吃饱才问："你的征候，可有人歧视？"

"怎么个说法？"

"女伴可有惊吓？"

向明不禁好笑，原来问的是这个，他缓缓回答："我不会直言，只是说做过手术。"

"手术后可做剧烈运动？"越问越离谱。

向明索性说："我会警告，动也不能动，否则胸膛缝线裂开，内脏噼里啪啦落出，吓坏人。"

"啊。"

"胡球，我已是损坏物品，有时也为此嗟叹。"

胡球恻然。

他绝少自怜，今天是怎么了？

"请到舍下说话。"

胡球想一想才点头。

她听过直子说及男生千方百计把女友请上楼的故事，一般来说，直子如此报告：地方又小又脏，通常是旧阁楼，或是黑地库，仅够放一张床垫，什么都堆地上，脏衣服奇多，袜子又破又臭，四处空啤酒罐及快餐剩下的盒子……还有什么情趣，直子说她会即刻告辞，有次差点遭到殴打。

胡球对向明有百分百信心。

他住在老式大厦顶楼，旧款电梯轧轧响，好不有趣。

打开门，地板光洁，一件脏衣服也无，这还是她第一次到男友的家，好奇四处张望。

只见没分客饭厅，一张庞大原木大台，足足十呎乘四呎，放在中央，这张大桌子由几块大木板拼成，做工自然，不加修饰，边缘一凹一凸像裙边，几张座椅式样完全不同：一条长木凳，一张明式太师椅，一张沙发安乐椅，还有旧得脱毛的丝绒圆凳，看情况全自旧货店寻回。

一抬头，却是一盏华丽水晶玻璃灯，璎珞一串串坠下，美不胜收，每个灯盏上有小小皇冠造型，不知自哪个没落皇宫除下，辗转到达本市检察部长的天花板。

胡球心一动。

这样用尽心思又恍如不经意的室内装修，恐怕是向明不知哪一位前任女友的杰作。

他喜欢美丽、成熟、有艺术天分的女子，演艺、设计、摄影……但胡球不过是一个胡混的小女生。

"在想什么？"

他给她一瓶矿泉水。

胡球细看桌上对象，两部手提电脑、笔与纸、许多文件、一盘水果、小小一束蓝色干枯勿忘我、数枚玻璃镇纸、一把铁芬尼[1]白玉拆信刀……

---

[1] 铁芬尼：Tiffany，蒂芙尼，世界著名的珠宝与腕表品牌。

"胡球，请坐。"

胡球轻轻坐下。

地方惬意而有性格，拥有这样一个家并不容易，怪不得那么多女性想走进做现成女主人。

这时向明把一只塑料盒子放桌上。

这盒子约一呎乘一呎，分开许多小格子，每格都放着药丸，有十多种。

"胡球，你看到了，这是我每日必须服用的药物，我不是病人是什么。"向明沮丧。

胡球不知说什么好，按住他的手。

"这一种，拿到市面，每粒可卖三十元，甚受青少年欢迎，可振奋精神。"

胡球把一只手指放到他唇上，示意他噤声。

向明轻轻含住她指尖，少女意外。

胡球缩手站起。"参观你寝室。"

睡房宽敞，胡球只敢站门边，一张雪白被褥大床，一部跑步机，一看便知是单身汉房间。

"你结过好几次婚？"

向明轻轻说："我并不为此骄傲。"

"她们为何离开你？"

向明不得不答："我表现欠佳。"

胡球童言无忌："哪一方面？"

向明无奈。"工作狂，很少回家，不喜观剧、看戏、旅游及饮宴，亦拒绝与她娘家亲戚往来，被讥讽为'大老倌'，过年过节全部不理，也不计划生儿育女。够了没有，还要数什么罪状？"

"呵，绣花枕头。"

"多谢褒奖。"

"换言之，你爱独处清静，她们喜欢群居热闹。"

向明见胡球说得那样好，倒是一怔，呵，这么年幼的知己。

"很难有这样一对一谈心机会可是？"

他想趁势伸手捧着她脸吻一口，却又犹疑，以往最常用的伎俩，此刻一点也用不着，他就是不敢轻举妄动。

他轻轻说："看到床头的警钟否，有事即刻按动，直通医院急症室。"

换言之，这不是一张浪漫大床。

胡球缓缓说："都参观过了，十分舒适，却不是家庭屋，我还是喜欢我家。"

"当然，你是小公主。"

"是，皇帝坐牢监。"

"对不起，胡球。"

"我不诉苦，不代表我心中不苦。"

"时间不早，我送你回宿舍。"

胡球问："什么，不留我？"

"我知道你年龄，你尚未合法。"

他拉着她手，送她回家。

临下车胡球这样说："我们都是 damaged goods[1]，这便是人生。"

向明又一次惊异少女说出如此智慧语。

不寻常经历叫她提早成熟，以便生存。

"你回宿舍，还是回家？"

"妈妈怕传染给我。"

向明停车买了消夜食物给她。

一进门，同学便张望："我们闻到烧鸡香味。"

---

[1] damaged goods：受损货物，残货。

又一次坐下老实不客气把烤鸡与花卷、馒头取出分享。

胡球房间似宿舍一口井。

吃完一哄而散，食物渣滓、盒子、纸巾全留待主人家收拾，胡球一一做干净。

年纪轻，精神足，读讲义到夜深。

她在电邮这样同直子说："以前，家母那一代，读完学士，已是堂堂天子门生，地位高贵，随时可以找到工作，薪水足够养家。今日？学士像预科，不过叫学生了解一下，兴趣何在，然后继续进修，如不，只有资格在商场卖鞋。"

直子答："哈哈哈哈哈哈。"

"又祖母那一代，中学毕业，也堪称学贯中西，可以投入职场，升社会大学，他们是否很惨？并不，许多都成为好市民，算来，我们是最无用一代。"

"你归你，我是我。"

"直子，你快乐吗？"

"多谢关心，我很快活。"

"可有长远计划？"

"开心已经足够，难道还想把他们带回家不成。别多问，快去休息，记得向我报告球妈最新消息。"

这直子，益发沧桑，胡球记得第一次见她，她比现在的胡球大不了多少，已是检察部长助手之一，办起事来头头是道……

胡球睡着。

第二早在学校停车场，看到那叫祝佳的医科生，被好几个女同学围住，向他请教生物科难题，他精神奕奕，详细解答。

胡球对他有信心，他会百分百康复。

胡球打探母亲情况："好些没有？"

女佣回答："吃什么呕什么，我有点担心。"

"怕要再看医生。"

"医生说，把五天份药吃完再去。"

胡球抬头想一想。"不，立即，我回来陪她进医院。"

"让她睡醒这一觉，她刚刚回睡房。"

"我这就来。"

一见母亲就知执意没错，颜启真已经一点力气也无，需两人扶着穿衣下楼叫车。

一进私家医院急症室，看护迎上，马上叫医生，医生看一眼说："立刻办入院手续。"

颜女士并不反对,她很清楚自己的情况,觉得住院比较放心。

女佣说："我回去收拾些日用品。"

胡球在休息室等候。

医生说："先做几个简单测试,胡小姐你可以先回家。"

女佣折返,两人商量过后,决定让胡球回宿舍。

胡球与直子诉苦："简直是人性枷锁,日夜折磨,没有一天易过。"

"医院已是最可靠之处。"

胡球天未亮梳洗回医院,在停车场看到向明的黑色房车。

胡球忍不住落泪,她真该死,还约他游泳,真是好梦易醒。

他们一起去见医生。

医生出来轻轻说了好些时候,才发觉向明不是颜女士的丈夫,亦不是胡球的父亲,医生脸色显得更加慎重,他要说的除却医学名词,其实只有两句话:颜女士患二期肝癌,最彻底治疗是换肝。

向明请治疗组实时安排。

医生现出难色。"众所周知，轮候肝脏移植名单冗长，未能定出时限。"

胡球站出。"我愿捐出原本由生母细胞衍生的任何一部分。"

医生感动。

"不可以！"

大家转身一看，原来颜女士由人搀扶着出来。

胡球说："不要去理她。"

"你尚未满十八岁，未能独自做主。"

胡球说："我正式监护人是邓永超律师，她可代我签名。"

颜女士面色煞白。"我怎可危害女儿生命。"

"母亲你是理科学生，肝脏会得重生，我年轻力壮，风险最低，还考虑做什么，立即通知邓律师。"

颜女士看着向明。"向先生你说句公道话。"

向明回答："胡球意见正确。"

邓律师气吁吁赶到："这个症候为何没有及时诊断，庸医害人！"

立即代胡球署名。

医生立即安排胡球检验。

向明问医生："可有风险？"

"任何手术均有危险，手术成功率几乎百分百，但捐赠人与受赠者愈合反应各异。"

向明觉得再问下去也枉然，几乎同读塔罗牌与测字差不多。

他问邓律师："球球可有什么预感？"

"胡球说她只想帮助母亲过此难关。"

"她一向对事物有敏锐预感。"

"看自己的事，就没有那样清楚，这是小胡球的一个劫数，少女苦难甚多，真不公平。"

两个成年人唏嘘。

向明轻轻问："胡球尚未成年？"

邓律师看着他，似笑非笑。"还差一年，你已等了好久可是？"

这一句话叫向明涨红面孔，他讪讪抗议："邓永超你倚老卖老说些什么，你太低估我人格。"

"你怕人言？"

"我才不理那些。"

"那就不必急急否认。"

"我并非恋童癖。"

"熟人都知道胡球从来不是一个小童。"

向明沉默，自从在医院第一次看到那张小面孔，他就知道她会是他的知己，那么小……时差不对，缩短三五年又还好些。

他无奈，只得处处关怀。

他俩好不容易等到胡球检查完毕。

医生这样说："适合移植，完全配对。"

胡球轻轻说："请医生准备。"

然后，她对向明说："我俩有约，记得吗？"

向明茫然，约什么？

"我俩约好去游泳。"

呵，是，一整天的焦虑慌惶叫他身心炙痛，当然不记得游泳之约，亏小女孩提醒他。

但他实在已无心情。

邓永超听见，却说："好主意，快去散散心，这就是胡球的智慧：如果天要掉下来，管他呢，能轻松就去轻松一下。"

向明唯唯诺诺。

"我有话与颜女士讲，她不愿签名，坚持母亲不可割取女儿的肉。"

向明与胡球离去。

在病房里，颜启真问邓律师："没有别的医治方法？"

邓律师出示影像。"看，这是健康肝脏：硕大、饱满、棕色带红，协助分泌胆汁，消除血液中毒素；这，是患癌的肝脏，黑、干、萎缩、僵硬——"

"不要再讲下去。"

"请不要抗拒移植手术，胡球怎可能眼睁睁看着你失救。"

"倘若她有什么闪失——"

"我对该次手术有信心，孝感动天，精诚所至，金石为开。"

事主呆呆不语。

那边，向明回家换泳衣，翻箱倒箧，最终找到不知年的宽大牛仔布短裤，就是它吧。

约好胡球在泳池外等，忽然看到她穿着密实潜水衣出现，还戴着老式橡皮泳帽及护镜，那样丑怪，毫不性感，别的少女都晒得一身太阳兼穿三点式……

"来。"胡球伸手招他。

向明见她如此可爱，笑得弯腰。

他脱下上衣，胡球"啊"一声，向明当胸一条手术疤痕，长如八时拉链，紫红色，异常显著。

向明见胡球变色，连忙套回线衫，跃入水中。"比赛开始。"

二人再不说话，与水搏斗。

三个塘之后，两人都诧异对方功力深厚，不容小觑。

结果胡球以半个身子稍胜。

她伏池边说："喂，向先生，你泳术不差呀。"

"我也没料到你是泳将。"

"下次穿少些，比较不阻水，一定更快。"

刚说出口，发觉有大大语病，怎可叫他衣服穿少点。

可是向明没发觉，他吁出一口气。"力气得慢慢练回来。"

两人披着浴衣回宿舍。

向明许久没有这样湿漉漉，觉得有趣。

进房关上门，胡球要求："看看。"

"看什么？"

"不久我也会有同样的手术疤痕。"

向明恻然。"你的不一样，肝脏手术切割呈 L 形。"

"不能用微创手术工具？"

"我想不。"

他再把上衫除下。

胡球很斯文，蹲下近距离观察，在茸茸汗毛中，疤痕仍然触目惊心。

"还痛吗？"

"阴天、下雨，会有酸痒感觉，每天都要服药。"

"它可会与你说话？"

"谁？"

"移植的心脏。"只有小少女才会问这样问题。

"我想没有。"

"原细胞一些记忆也无，心可有在夜深轻轻诉说，心曾经拥有的梦想，心的所爱，心的忧伤，以及心放不下的一切，心可有托你去实现一些小小诺言，心可会忌妒——"

向明不知如何回答，这便是传说中的柔情蜜意。

他只能握住胡球小小双手。

半晌，他说："我得回家更衣，明早接你到医院。"

胡球握着他的手一会儿，终于松开。

向明在车上接到邓律师电话。"你独自到医院来一次，球妈要同你说话。"

"做完手头上事情，三十分钟后到。"

向明匆匆淋浴更衣，问相熟餐厅要几道清淡菜式，顺道带到医院。

邓律师招呼他："请坐。"

向明说："这盅炖蛋倒还鲜甜，球妈请用。"

邓律师一看。"噫，这客日式猪排饭是我的吧。"

"一点不错。"

邓律师坐一角享用食物。

"球妈有话对你说。"

"是，我听着。"

向明身体语言极佳，身子微微前倾，小心聆听。

球妈喝一口水。"向先生，你与胡球二人，籍贯、年龄、背景、学历、生活环境、社会身份都毫无相似之处。"

向明摊摊手。"可不就是。"

邓律师微笑。"向明，这是你一生最重要一次面试，所有问题，小心回答。"

球妈却说："心里想什么就说什么便好，你什么时候开始爱着胡球？"

"一开始之际，约五年前吧。"

"你喜欢幼女？"

"不，刚巧胡球年幼，但她感情成熟。"

"在她母亲眼中，永远是小孩。"

"那是必然的事。"

"为何爱她？"

这时向明脸上出现温柔神色。"因为她可爱，举手投足，一言一动，都纯真清澄勇敢。"

"不是每个孩子都那样吗？"

"不，案件里若干六七岁孩童便会捏造证据，冤枉他人，并且振振有词诿过，更有十一二岁杀人凶手。"

邓律师轻轻回答："我最欣赏胡球的勇敢。"

"可怜的小球。"

邓律师说："我不认为你拒绝她捐赠会令她活得舒服，你俩相依为命，谁没了谁都不行。"

"父母总会先子女而去。"

邓说："倘若寿终正寝又做别论，此刻可救你又被拒绝，叫她气愤，她一世不得安乐。"

向明忍耐不出声。

球妈脸容苍老，双眼深陷，肝脏叫作 liver 自有原因，它若有病，患者不可存活。

小桌上放着医生制作的简单塑料立体模型，红笔画出切割部分，门外汉都看到稍微大过一半，难怪球妈踌躇。

向明轻轻说别的："华裔一贯认为气郁伤肝，果然如此。"

"心情长期抑郁，必定影响人体健康。"

球妈说："向明，球球对你如何？"

向明想一想说："对着胡球，我一向自卑。不，不是因为年纪或经历，我过得了自己那关，我不是一个龌龊老男，我只担心本身健康状况。我经年终生服药，是个半伤残人士，我与她并不配，所以迟迟未表心意。"

他忽然解开纽扣。"胡球适才见过这个伤疤，这是我肋骨锯开，取出心脏之处。"

球妈吓一跳，没想到伤疤这样显著。

向明忽然微笑。"球不久之前对我说，以后，她与我一样，当胸有一道伤疤，从此我俩可以平起平坐。"

邓律师惊叹："这胡球，如此明敏，一早看穿你的心事。"

"胡球从来不是小孩。"

球妈落泪。

"别哭，一人哭泣，人人哭泣，悲伤与快乐都会传染。"

向明轻轻说："球妈，把球球交给我，我会照顾爱惜她。"

"你是个结婚分手订婚报销无数次的人，你身边这一刻还有女伴，如何实现诺言？"

向明无言。

看护进来说："怎么，尚未签字？颜女士，久拖无益，时间不早，该休息了，请访客离去。噫，这盅鸡蛋好香，你可尝试吃一点。"

邓律师说："我守更陪她，向先生，你请回去休息。"

向明讪讪红着脸回家。

总算见过伯母，在这种年纪，早已忘记有此一关。他精神有点恍惚，他的女伴全是成熟女子，何来伯母，全部自作主张。

既然表态，就得有点准备。

他轻轻推开客房门，这间寝室可称最名贵杂物间，里边随意放着他女友考究的衣物鞋子甚至旅行箧，他打开一个大箱子，把不属于他的东西丢进。

稍后觉得不妥，他拨一通电话。

那边立刻来接："明？"

向明吸一口气。"你有些杂物在我处，星期天整日我不在家，你如方便，可以过来收拾取走。"

那边沉默。

向明轻轻说："对不起。"

"明白。"

"仍是朋友？"

"我得想一想。"

"我——"

那边已经说："再见。"挂上电话。

没一字啰唆，向明自觉幸运，这个女子怎地懂事，不枉交往数年。他知道有些男女爱吵闹，分手后还一直拍桌子叫闹，十年八载不休，没完没了。

她却一句话也无，连为什么都不问。

他真是幸运。

向明吁出一口气。

这几天他一早出去陪胡球。

经过谨慎考虑，整组医务人员定下日期，这时，向明寝食难安。

胡球到底年轻，照样上课运动，同学知道她要做该项手术，走过她身边，同系与否，都伸手拍一下她的肩膀，以示鼓励。

胡球同母亲这样说："那么多人关心我俩。"

邓律师说："我知道本市有四千五百名病患等待器官移植，我鼓励捐赠善举。"

"我与球球都已签名，我俩若有不妥，一切可以用的器官都予以捐出。"

这样豁达，真是好事。

母女紧紧拥抱。

胡球出示一帧自拍照片。"这是手术前，手术后再拍一张。"

邓律师一瞄之下大惊失措。"裸照，球球，此照一定要毁灭。"

照片里的小胡球脸色有点慎重，眼神一丝忧伤，雪白胸膛，小小碗形乳房似蓓蕾，丝毫不觉猥琐。

邓律师气结，双眼发红，拍照留念也是好的：从前，十七岁，她有完整身躯。

邓永超含泪咕哝："这一代人喜欢自拍，一大堆隐私万一流出——"

胡球把照片副本送给向明。

向明接过照片像捧住胡球余生，双手颤抖。

那天他回家，发觉客房杂物已全部搬清，并且吸尘打扫干净。

他默默无言。

客厅桌子上放着小小一束紫蓝色勿忘我。

这聪敏女子让他觉得他辜负了她。

他在客厅里静静坐了一夜。

第二天他陪胡球骑自行车参加环山径筹款比赛，一共百多名参赛者，大部分是学生与教职人员，赛果：胡球排八十九，向明九十，但二人共筹得善款九万元，成绩首位。

沐浴更衣，胡球往医院做准备。

她这样对向明说："我要你寸步不离陪着我。"

向明拥抱她。"你怎么看我俩前程？"

胡球看到他双眼里去。"你会活到八十多岁。"

"那多好，你呢？"

"我会安然走出病房。"

"球妈呢？"

"她重获健康，随着坏肝而去的是深藏的抑郁，从此她会舒坦生活。"

"你的预言一向甚准。"

"那也不过以机会率计算可能性：剔除不明朗因素，剩下就是真相。"

最后一刻，邓律师大声说："有什么话要讲，现在好讲了。"

主诊医生说："让我们一起祷告。"

祈祷完毕，邓律师把胡球轻轻拉到一个角落，这时胡球已穿上白袍戴上帽子，邓永超低声说："向明是心脏病人，我与球妈担心一件事，呃，他的能力，会否受到影响。"

胡球问："什么能力？"

"那方面能力。"

胡球忽然扬声："向明，球妈及邓律师想知道中年兼做过心脏手术的你某方面可有影响，即——能否——以及持久。"

此言一出，整个病房的人怔住，静寂一片，鸦雀无声，掉一根针都听见。

两个中年女子恨不得找地洞钻，向明一生从未如此尴尬，面孔烧红。

正不知如何收场，勇敢的主诊医生若无其事不温不火不徐不疾说："据我所知，向先生心脏移植成功，对生活毫无影响，当然，我不会叫他做剧烈持久运动像跑马拉松。"

胡球一听，哇哈笑出声，接着，其他看护也笑，球妈与邓永超也发出咕咕声，整间病房竟然充满欢喜。啊，调皮的胡球用急智救了他们。

胡球终于与球妈分开。

"妈，待会儿见。"

球妈别转头，泪如雨下。

邓永超嘀咕："又哭又笑，没个长辈样子。"

向明一直陪到胡球在麻醉剂影响下闭上双眼。

他深吻她冰冷双手。

胡球被推入手术室，房里除出仪器，站满医生护士，严阵以待。

邓永超说："那么多人合力救一个人，必定成功。"

球妈的女佣也来了，邓律师说："你怎么到现在才到？"

女佣嗫嚅："我是外人——"

"你是外人，那我们全是陌生人，到这个时候还说这种话，罚你实时回家做三种球妈爱吃的甜点。"

"是，是。"

"一有消息我通知你。"

"是，是。"

"把家居收拾干净，带小狗去洗澡剪毛，母女出院后家居环境必须绝对清洁。如不够人手，可邀帮手，费用没有问题。"

"是，是。"

"去，去，你这个外人。"

女佣说："我带了一些清火的绿豆百合甜汤。"

"放下。"

原来邓律师才是总管家。

向明在一边揉揉疲倦的脸。"像你这样英勇强健的女子，为何迟迟未婚？"

邓永超瞪眼。"因为与我年龄背景相仿的男性，都喜欢十六七岁稚女。"

向明立刻知道造次，打揖说："对不起，对不起。"

"手术要五个小时，你一直坐这里？"

"我回办公室。"

"我也有工作。"

"总得有个人坐这里。"

背后有一个声音："你们可是牵挂我？"

向明欢呼："直子！"

　　直子答："飞机延误三小时，否则早就到了，害我心急如焚。"

　　邓律师说："劳驾你了。"

　　剩下直子一人，她有备而来，带着厚毯子，裹住上身，盘腿读专为女性所写的情欲小说。

　　两个小时过去，直子追问："喂，怎么一点消息也无？"

　　"你是哪间病房亲人？"

　　原来忘记报名，直子立刻说出病人姓名。

　　这时医生刚巧出来。"胡球手术已经成功完成缝合，颜启真部分比较复杂，即将开始。"

　　"胡球无恙？苏醒没有？"

　　"尚未，待会儿有人通知你。"

　　直子不语，静心等候。

　　这时邓永超回家梳洗更衣后返转，听到最新消息，觉得安慰，递上咖啡。

　　"这是我家门匙，你回我处休息一下。"

　　"不用，我待这里就好，外头怎么样？"

　　"大家照旧各归各忙碌生活，我如常呼喝手下，向明正与市长开会。今日天气甚佳，艳阳高照，蓝天白云，外边可不管多少病人在医院挣扎。"

　　直子把手放在邓肩上。

　　"做人没意思呵，做女人尤其艰辛。"

　　直子一贯活泼。"你若转变性别，我做你女友。"

　　邓永超百般无奈苦笑。

六

人不自爱，谁来爱之，
人若自爱，人人爱之。

那边，病床上，胡球渐渐恢复些许意识：黑暗、静寂、冰冷。她小脑袋想：仿佛穿越虫洞，极速去到相对宇宙又返转回家，时空再不一样，她或许已是老妇。

她身在何处，莫非已经不在人世，但这么宁静，倒也不怕。

她心灵渐渐清晰。

"胡球，胡球，"忽然有人在她耳畔叫，"听见吗，听见就回答。"

胡球张口，声音沙哑："妈妈，妈妈。"

身边的人说："醒了，醒了，你妈妈很快来看你。"

胡球又昏昏然与时空拉扯，她看到熟悉背影，景唐？她走近搭住他肩膀，他转过头，背光，强烈似车头大灯，叫胡球看不清他脸容。"你回来了，生活好否？"他没有回答，胡球怕认错人，急急退后。

即使是阿景，彼此也不再相认，他不出声，亦是应该。

有人握住胡球的手。

一个声音说："向先生，请戴上口罩，不要亲吻病人，免传细菌。"

向明叫她："胡球，胡球。"

见她嘴唇干燥爆拆[1]，心里炙痛。

胡球哼哼唧唧，喉咙呜呜作响，像受伤小动物。

"妈妈——"

"她已平安过渡手术，你好好休息，稍后你俩可以见面。"

胡球点头。

"向先生，你请出去。"

胡球比较镇定，她轻轻叹口气，含糊地说："我已经尽全力了。"

不料看护一听，哭出声来："胡小姐，你切勿这样讲——"立即被人请出房间。

---

[1] 皲裂。

　　再一次醒转，胡球才有力气睁开眼睛，并且感觉到灸痛，她知道这痛楚一定会加剧，她不打算吃眼前亏，摸到警铃按动。

　　看护进来，她说："痛——"

　　"已经下了止痛药，你且忍耐。"

　　"口渴。"

　　看护在她唇边挤柠檬汁。

　　直子的声音："我带来粥浆。"

　　"不行，胃部尚未能够妥善运作，一定辛苦呕吐。"

　　"妈妈，带我去看妈妈。"胡球挣扎。

　　看护知道胡球誓不罢休，便搀扶她慢慢走过邻居。

　　一眼看到向明站在房门玻璃外，胡球叫他，他惊喜："你起来了。"急忙扶住。

　　胡球靠在向明身上，觉得无比安全，她忍不住咧嘴微笑，蓬头垢面一身药水味的她此刻像垃圾箱拣回的破娃娃，但在向明眼中，却是瑰宝。

　　球妈躺床上，紧闭双目，脸色灰白，医生解说："颜女士康复期会比胡小姐略长，但她情况良好。"

　　胡球伏在向明背上，由他背着回房。

"痛吗？"

"像一只极热熨斗按在皮肉之上。"

"形容像真。"

"却可以容忍，因为球妈可以续命。"

胡球这时才有空打量向明，他脸容憔悴，一脸于思，鼻子泛油，西服稀皱，但，仍然英俊。

胡球双手搓他的脸。

向明疲倦微笑，他一直不觉累，此刻松弛下来，几乎睁不开眼睛。

中年到底不同少年。

胡球这时掀开罩衫看伤口，只见护理粘贴蒙着半个胸膛。

向明轻轻别转面孔。

胡球把上衣放下，握着他大手，抚摸他小臂，他的手与臂上静脉绽现，汗毛密密，男人，应该是这样。

胡球想起，一个非常美丽的女演员对记者说："我要求他像一个男人即可。"这个要求，说高不高，但每个医学上可称男人的人，不一定像个男人，一万个也找不到一个肯承担、有肩膀、爱惜妇孺、忠诚可靠的男子。

胡球觉得幸运。

她把脸依偎在向明手背上。

她等到了他，他也是。

省得在年老时，惆怅如旧，不住思念：世上确有一个他吧，只是终身没有遇着，也许，他也走过这条路，也喜欢这朵云，也曾在微雨里打伞在这湖边漫步思忆；世上总有一个她吧，只是有生之年，始终没有见到。

忽然，胡球也顾不得伤口吃痛，紧紧抱住向明。

只要像男人就好。

球女先出院，回到家中，恍如隔世，宛如幽魂还家，感觉凄惨。

幸亏有直子穿着香艳内衣在家里走来走去，补汤她先喝，甜糕她先尝，不到半个月，皮光肉滑丰满过人。

球妈也痊愈得不错，可吃稀饭，及冰激凌。

小狗哈哈依偎两个康复者脚下，人吃什么，狗吃什么，胖得像只小枕头，大家都怀疑这样下去不是办法，但哈哈这年纪——谁都不出声。

一个月后回到课室，讲师率先鼓掌，随后同学也都站起拍手欢迎。

有女同学做了大盒松饼，小憩时取出，胡球撕下一角含嘴里融化才缓缓吞下。

奇是奇在她并不欠学分，平时用功今日见到益处，讲师给她一些题目可以在家中做。

胡球说话走路，每一种动作都比从前慢一点点，在急急不知要赶往何处，有何要紧大事的同学群里，显得特别优雅。

胡球对自己说：再世为人，就是这意思。

男生被再世女吸引，走过她课室，总会张望一下，有时可以看到她垂头看笔记或画册，半垂头，一直只穿白色上衣，脸色庄凝，五官精致，叫他们目光留恋。

一日，向明看着胡球不知多久，她没有改变姿势，他也没有，直至向明颈酸。

他轻轻说："我记得你仿佛有个小男朋友。"

胡球抬头，调皮回答："我也记得你有若干女朋友。"

向明心花怒放："是吗，你记得吗？"

胡球垂头回答："他一声不响离开本市，他家里不喜欢我，称我为死囚之女，再也不愿与我有任何瓜葛。他是理智型男生，故此静静离去。"

"嘿。"

"这一刻，我更成为胸前有一处大疤的死囚之女，谁愿意儿子与少了一半肝脏的女生做朋友。将来怎么办？这女子会否下半世哼哼唧唧躺床上？还可以延衍后代吗？有工作能力否？肯定是个秤砣，越早甩掉越好。"

这还不是贫富问题，健康更为重要。

"你不要自贬。"

"我才不会，人不自爱，谁来爱之，人若自爱，人人爱之。"

"这是你自撰的吧。"

胡球哈哈笑出声。

直子临走，这样问胡球："你有什么打算？"

"你问，还是代家母问？"

"你家母。"

"先读完学士，毕业后，才好好思想，应该选哪一科升学。"

"嘎，啊。"

"我喜欢学堂，我深爱美术，我想自画中研究每一朝代欧洲列国贵族及平民的衣着帽饰……多有趣，但这算是美术或是人文学呢。"

"那造成你家母多大经济负担。"

"向明愿意资助。"

"那你打算一满十八岁便与他结婚？"

"不，不，结婚起码是十年之后的事，那时，或许我已找到理想职业。"

"世上并无理想职业这回事。"

"那么，是不十分讨厌的职业。"

"世上也没有理想伴侣。"

"冷水一盆，泼下来，信不信我打你。"

"对不起。"

"他愿意等你？"

"不知道，待我问他。"

向明与胡球一起送行。

直子上下打量这一对，世事不公平，明明年龄相差那么大，可是这一男一女并排站，看上去并无不妥，甚至相当合衬。

向明说："办公室需要人手，直子你回来工作吧。"

直子摇头。"我在外国已找到小宇宙，洋人比较不那么势利。"

向明笑答："才怪，看你在何种圈子活动。"

这时胡球想起。"向明，直子想知道，你是否会等我到二十七岁。"

"等？我不觉得我在等。"

直子一听，忍不住低呼："啊。"这就是秘密。

当事人不觉辛苦，向明他乐在其中。

向明这时紧紧握住胡球的手。"结婚与否，有什么分别。"

"球妈希望你们结婚。"

"当然，我完全明白。"

直子还要说什么，向明佯装恼怒："你这女子，既不愿回来做我下属，又不是亲眷，事事干涉，十分讨厌。"

直子始终不放心："胡球，你的慧眼，可看到未来幸福？"

胡球答："幸福，就是眼前该刹那开心欢畅。"

直子怔怔想：胡球，你讲得对。

时间到了，依依惜别。

直子叮嘱："两人一起来探望。"

向明警告："直子，慎交男朋友。"

回家，见女佣四处寻望。

"慌慌张张干什么？"

女佣眼睛已红。"找不到哈哈。"

胡球放下一切。"啊，可是溜出门？"

"无人进出。"

"它必定是躲藏在角落偷偷吃零食。"

女佣说:"这两天很奇怪,叫它不应,也不走近,狗粮剩下许多,晚间,听见它咳嗽。"

"不妙,找到它,立刻送兽医处。"

胡球不想惊动母亲,每个房间细搜,家具底、衣物堆、柜背后,处处找遍,不见哈哈。

胡球浑身汗,一半是急出来,坐下,怔想。

已经肯定小狗在屋内,并无走失。

客厅以及卧室均不见它,厨房与工人休息处亦找不着,它最喜欢的角落是沙发底,那处也不见踪迹。

胡球站起,怎么没想到,洗衣房!

那处有一架干衣机,散出暖气,平日,它洗完澡,老是躺该处休息吹干。

胡球走到洗衣房,推开门,开灯。

在极角落,胡球看到它的睡枕一角,哈哈,找到了。

胡球轻轻扯出枕头,闻到一阵臭味,是排泄物,枕垫上还有小狗收藏着的饼干。

胡球已觉不妥。

女佣双手掩面。

她们同时看到狗尾。

胡球蹲下，顾不得伤口僵痛，她趴低轻轻把小狗自干衣机角落拉出。

"快送诊所！"

来不及了，它已经浑身僵硬。

胡球还算镇定，顺手取过晾着的大毛巾，小心裹好，抱在怀里，无比辛酸。

这些日子，家里老女佣与它最亲近，朝夕相处，她服侍它饮食卫生，她与它说话，哈哈是她的狗。

这一刻，她实在忍不住，哭出声。

球妈听见，走出探问，一见小小包裹，心知肚明。

"快别哭，这是它们的命运，快送到兽医处。"

女佣抹泪。"我去。"

"哈哈生命最后一年过得很开心，大家喜欢它，任它自在，又吃得饱。"

胡球收拾小狗身外物，只得那脏睡垫与几块狗饼干，多干净。

"邓阿姨最讨厌，无端领十多岁狗到我家。"

"邓永超好心，超龄狗无人要，若非她，哈哈早已人道毁灭。"

"哈哈一点不像老狗。"

"那是因为你喜欢它。"

"你去通知邓阿姨。"

球妈用手抹女儿脸颊。咦，干什么，胡球这才发觉她早已泪流满脸。

半晌，女佣回来，一声不响，收拾清洁，然后，寂寞地坐厨房。

胡球陪她，见炉头放着一碟食物。"这是什么?""给哈哈蒸的鸡腿。""我来吃好了。"二人抱头又哭。

下午，大家没精打采，呆坐沙发，胡球忽觉腿痒痒，以为是哈哈，一想，它已不在，又再哽咽。

忽然门铃一响，是邓阿姨来访。

"我听说了。"她手里拎一只笼子。

胡球张望，只见毛茸茸一个头，鼻子四处嗅，小狗，是另外一只小狗。

邓律师打开笼子，小狗缓缓走出探路，它一团白色松毛，像是狮子，又似芝娃娃，这只混种狗十分可爱。

邓律师说："各位，见过嘻嘻。"

球妈第一反应："慢着，它几岁，来自何处？"

"它来自动物庇护所，据说三四岁。"

女佣松口气，双手有点颤抖，轻轻抱起。

小狗异常亲切，一动不动，伏在她臂上，仿佛知道已找到安定永久的家，以及爱惜它的人。

女佣忽然想起厨房做好的鸡腿肉，立刻把嘻嘻抱进厨房。

胡球低声说："谢谢你，邓阿姨。"

"不怪我多事就好。"

嘻嘻比哈哈亲善，但已认定女佣为主人，其余都是客。

胡球给它一只小枕头。

邓永超对胡球说："这就是生物多灾多难的生命。"长叹一声。

胡球双眼已肿，忽觉脚边毛毛，低头一看，是嘻嘻抬头看她。

球心略宽，但她仍然不会拥抱小狗或亲吻它，这是她的脾性。

她蹲下，轻轻拨开嘻嘻额前长毛，看仔细，吓一跳，呼出："它只有一只眼睛！"

邓律师转过头。"你觉得这是问题？"

胡球一怔，随即微笑。"不，只是刚刚发现，真要疼它多些才是。"

球妈连忙抱起小犬。"正好，我也只得一半肝脏。"

电话响，球妈接听，说了几句，胡球只听见一连几个"不"，挂上电话。

她回来轻轻说："我带嘻嘻看医生，有病浅中医。"

"谁的电话？"

"《新明日报》记者，说要访问我们母女关于移植手术的事。"

"你拒绝了。"

"要女儿冒生命危险，还说呢，好意思。"

邓永超说："但这是一个见证，鼓励市民捐献救人，功德不浅。"

球妈沉吟。

"噫，尽一己之力，待我复这名记者，请他把重点放在捐赠上边。"

球妈看着女儿，胡球点点头。

邓律师拿出专业口吻："切勿硬销，请记住这并不是一宗愉快的事，不必强颜欢笑，故作轻松，只把事实清晰讲出，深入浅出。"

下午向明来了，闻讯这样说："好主意，我若不是公职人员，早已接受访问。"

球妈说："还得拍照呢，这番真要牺牲色相。"

邓律师说："母女都把头发拢起，穿同款白衬衫卡其裤，打个粉底即可。"她兼做美术指导。

傍晚，胡球邀向明玩电子游戏，这个新项目叫《蓝色火星》，极受欢迎，效果做得像一出电影，但与打斗爆破无关。它假设破解某国国防部至高密码，危机重重，惊险万分。

向明并非没有兴趣，但自知不敌胡球，她那一代是电子婴儿，会得运用手指时小手便已按在计算机板上，电子器具犹如她第三只手。

果然，他三次失败被困黑狱，不得不使诈，被胡球揭穿："你不依程序！""偷入他国国防部，还管什么程序。况且，孙子云：兵不厌诈。"

胡球生气，扑上拧他面颊，他抵抗，两人咚一下滚到地上撕打。

球妈说："喂喂，胡球你的伤口。"

向明汗颜。"对不起，玩得太疯。"

球妈心想：你返老还童了。但他是英轩男子，乐疯又不觉肉酸。

访问刊登出来，记者写得溢美："这么漂亮又相爱的母女，长得极之相像，看上去如姐妹一般。"果然，衣物发式相似，笑容也同样含蓄，是像。

其他媒介如电视台也要求同样访问，被球妈婉拒："前后累足一个星期，可一不可再。"

向明把报上照片剪下放银镜框内。

他的上司发话了："这是你的小女朋友吧，人家都在说话，他们忌妒。"

向明只是笑。

"向明你不枉此生。"

"长官你揶揄我。"

"向明，明年我退休，我已向首长推荐你坐这个位子，你最好正式结一次婚。"

"啊。"

上司也觉无奈。"人在江湖嘛，向明，你比谁都是明白人，成年世界，莫非一样换一样，最原始的以物易物，总得有所牺牲。"

向明还能说什么。

上司最后说："父母亏欠我，我长得丑，大女人与小女孩都不喜欢我。"

向明忍住笑，憋得咳嗽。

每个人都有遗憾，信然，每个中年人都觉得最终所要的并没有得到，心事，终于虚话。

那天晚上，他自胡球处回来，在书房独自处理文件。

这一段日子，过得丰硕舒适，他不敢明言，但确是他一生最满意的时光。

他已单方面着手物色新居，照胡球的品位：空间大一些，需有海景，最好门外有几棵老年影树，夏季整树顶开满大伞似的血红色花……少家具，不用装修，越简单越好。

——这就对了。

向明猛地抬头，谁，谁同他说话？

语气像胡球。

刚回来就想她，他轻轻说："胡球我爱你。"

——全世界人都知道你对她的心意，你俩都幸运。

向明一惊，站起，文件跌地上。

这似他揶揄他自己，但，又不像，不过，他肯定室内只有他一个人，那么，是谁同他讲话？

——嘻嘻。

这怎么会是他，电光石火间，向明掩住胸口，他明白了。"相安无事近十年，为何忽然说话？"

——只能开一次口，这是第一次，也是最后一次，一直不停地说，变成缠扰，多么可怕。

"为什么选现在说话？"

——心中话、心事，都该挑适当时候讲，胡球与我心思相近，我很欣喜，祝福。

"谢谢你助我重生。"

已经——得不到回复。

向明讶异到极点，脱去上衣，俯首看胸口，伸手按着胸膛，可以感觉到心跳。一球肌肉，有生之年不住翼动，把血液由大动脉泵至全身循环回返大静脉，心脏并非人体最复杂器官，但一颗心负责生命。

他轻轻拂拭胸前疤痕，像是听到一声叹息。

这时，幸亏电话铃响了。

胡球找。

　　她说："想听你声音。"

　　"球，我们结婚吧，住一起，朝夕相见。"

　　"我也这么想。"

　　"快休息，明早接你上学，届时商议。"

　　"再见。"

　　挂上电话，书房静寂，向明想：疑心生暗鬼了，人倦怠到极点就会这样。

　　他悄悄躺到床上，心里期待明朝。

© 本书简体字版经香港天地图书出版有限公司授权出版，如非经书面同意，不得以任何形式复制、转载。本书仅限中国大陆地区发行、销售。

© 中南博集天卷文化传媒有限公司。本书版权受法律保护。未经权利人许可，任何人不得以任何方式使用本书包括正文、插图、封面、版式等任何部分内容，违者将受到法律制裁。

图书在版编目（CIP）数据

悠悠我心 /（加）亦舒著 . -- 长沙：湖南文艺出版社，2021.7
ISBN 978-7-5726-0194-1

Ⅰ . ①悠… Ⅱ . ①亦… Ⅲ . ①长篇小说—加拿大—现代 Ⅳ . ① I711.45

中国版本图书馆 CIP 数据核字（2021）第 094390 号

上架建议：畅销·小说

YOUYOU WO XIN
悠悠我心

作　　者：[加]亦舒
出 版 人：曾赛丰
责任编辑：吕苗莉
监　　制：毛闽峰
策划编辑：李　颖　陈　鹏
特约编辑：王　静
营销编辑：刘　珣　焦亚楠
版权支持：姚珊珊
封面设计：尚燕平
版式设计：李　洁
出　　版：湖南文艺出版社
　　　　　（长沙市雨花区东二环一段 508 号　邮编：410014）
网　　址：www.hnwy.net
印　　刷：三河市兴博印务有限公司
经　　销：新华书店
开　　本：775mm × 1120mm　1/32
字　　数：134 千字
印　　张：7.75
版　　次：2021 年 7 月第 1 版
印　　次：2021 年 7 月第 1 次印刷
书　　号：ISBN 978-7-5726-0194-1
定　　价：49.80 元

若有质量问题，请致电质量监督电话：010-59096394
团购电话：010-59320018